# 婚約破棄された悪役令嬢は、騎士団長の王弟殿下に溺愛されすぎです！

## クールな逆襲で元婚約者を断罪しちゃいました

水島 忍

Illustration
池上紗京

gabriella books

# 婚約破棄された悪役令嬢は、騎士団長の王弟殿下に溺愛されすぎです！

## クールな逆襲で元婚約者を断罪しちゃいました

c o n t e n t s


プロローグ …………………………………… 4

第一章　婚約破棄から始まる新たな物語 …… 12

第二章　ユリアスと魔導騎士団の団長 ……… 56

第三章　アレクシスとのデート …………… 79

第四章　アレクシスと再びのキス ……………… 122

第五章　王都デートと甘い快楽 ………………… 151

第六章　誘拐されたディアナ …………………… 198

第七章　宿屋で二人きりの蜜夜 ……………… 227

第八章　王宮舞踏会ですべてが終わる ……… 248

第九章　初夜は優しい囁きで …………………… 279

あとがき ……………………………………… 300

# プロローグ

そこは煌《きら》びやかな大広間だった。

大人数を収容できる広さがあり、高い天井を支える太い円柱がいくつもある。豪奢《ごうしゃ》なシャンデリアが下がっていて、床は市松模様に並べられた大理石だ。

真新しいドレスに身を包む若い女性と正装した若者がその大広間にはたくさんいた。いずれも、ヨーロッパ風の時代がかった衣装だ。

一人の若者がパートナーの女性を伴っていて、その後ろからまるで取り巻きのように数人の男性がついていく。若者の顔はとても整っていて、気品に溢《あふ》れている。女性は可愛《かわい》らしく、彼の腕に掴《つか》まり、甘えるような仕草をしていた。

若者は別の女性の許《もと》へゆっくりと歩いていき、キッと睨《にら》みつけた。

睨みつけられた女性は燃えるような瞳で彼とその女性を見つめ返し、不敵に笑みを浮かべる。その顔はとても美しく、かつ傲慢そうにも見えた。

若者は彼女に向かって、決然と口を開いた。

「リール侯爵令嬢ディアナ……。私は君との婚約を破棄する！」

それを聞いた途端、女性の顔は強張《こわば》った。

動揺のあまり、持っていた扇を落とし、身に着けていたドレスの裾が揺れる。

深紅のドレス――それは襟から胸元にかけて、大きなフリルがたくさんあるボリュームたっぷりのドレスだった。細いウエストに合わせてキュッと絞ってあり、ふくらんだスカート部分にも斜めにフリルがついている。

ゲームの画面の中で、そのドレスを身にまとう悪役令嬢ディアナは、今まさに王子に断罪されていた。

＊＊＊

代田菜々《しろたなな》の人生はあっけないものだった。

享年二十歳。大学へ向かう途中、たまたま歩いていた歩道に車が突っ込んできたのだった。大きな衝撃の後、菜々は地面に倒れている自分に気づいた。痺《しび》れたように痛みも感じないのに、道路に血液がドクドクと流れ出している。

ああ……わたし、きっと死ぬんだ。

でも、まさかこんなに早く死ぬなんて思わなかった。

菜々はいつも引っ込み思案だった。幼い頃から二歳上の美人な姉と比較され続けていたせいで、外見にコンプレックスを抱えていたからだ。姉はおしゃれをして、いつも自分の美貌に磨きをかけていた。一方、菜々は姉の真似《まね》をしても無駄だと判《わか》っていたので、無難な格好を目指していた。周りから浮かない服装、髪型、メイク。言動も同じだ。とにかく景色に溶け込むことだけに専念していたのだ。

だって、どうせ地味顔だし。目立って馬鹿にされるより、誰の目にも留まらないほうがマシだ。

そんな有様だったから、恋愛にも奥手だった。なんとなくアイドルにもハマれない。だから、二次元にハマることになった。

手先が器用なので、キャラクターの衣装を作るのが好きだった。とはいえ、コスプレするほどの度胸はなく、ネット販売をしていた。自分の手作り衣装を誰かが喜んで着てくれる。それだけで嬉《うれ》しかった。

わたしのささやかな趣味。

でも本当は……わたしもおしゃれをしたかった。

あと少しで完成間近のあのドレス……。

恋愛ゲームに出てきたキャラクターが着ていたものだ。内容云々《うんぬん》より、近世ヨーロッパ風の世界観とキャラクターが身にまとうコスチュームのデザインが菜々の好みだったのだ。

特に悪役の令嬢ディアナが着ていたドレス。ディアナは悪役らしくきつい顔立ちをしていたけれど、ヒロインよりはるかに美しい。その美貌に似合う豪華なドレスが大好きで、それを再現したくて自作した。

あの深紅のドレス……着たかった。

似合わなくてもいい。一度でもいいから、あれを着て、誰かにお披露目《ひろめ》してみたかった。

徐々に意識が薄れていく。

ああ……やっぱりわたし死ぬんだ……。

菜々は艶《あで》やかに笑うディアナとドレスをただ思い浮かべていた。


次に目覚めたときに、菜々はディアナに転生していた。

正確に言うと、十歳のディアナが菜々だった前世を思い出したのだ。

そのときディアナは高熱を出し、しばらく意識がなく、生死をさ迷っていたという。意識を取り戻したときに、前世が日本人で菜々だったということを思い出した。

意識と記憶を取り戻したベッドの上で、菜々はしばらく混乱していた。

菜々だった頃の記憶はあるが、同時に侯爵令嬢ディアナとして育ってきた記憶もあったからだ。二つの記憶が入り混じって、自分がどっちの人間なのかが分からない。

「ディアナ……！　ああ、よかった！」

ベッドの傍《そば》にいたディアナの母親が手を握り、涙を流している。母親は金髪の白人だし、部屋の内装はヨーロッパ風だ。小花模様の壁紙、床には絨毯《じゅうたん》が敷き詰めてあり、飾りのついたアンティーク調の家具が置いてあった。

ああ、そうだ。今のわたしはディアナなんだ……。

意識がはっきりしだすと、前世の記憶とディアナの記憶が区別できるようになってきた。

ゲームや小説の中に転生するという漫画やアニメは何度も見たことがある。けれども、自分がこんな体験をするとは思わなかった。

まさかあのゲームのディアナに転生するなんて……!

確かに亡くなる前に、ディアナのドレスを着たいと思っていた。だからといって、ディアナになりたいわけではなかったのに。

「えー……お、お母様……?」

急に見知らぬ人になったかのような気がして、母親を呼ぶにも気後れをしてしまう。ディアナの記憶もあるというのに、なんだか不思議だ。

「どこか痛いところがあるの? 喉が渇いた? 待って。今、お水を……」

「ううん。お母様、わたし鏡が見たいの……」

「え、鏡……?」

母は怪訝《けげん》な顔をしながらも、控えていた乳母に手鏡を持ってこさせた。

鏡の中に映っていたのは、記憶にあるとおり、銀色の長い髪の美少女だった。十歳というのに大人びた顔をしている。可愛いというより綺麗《きれい》だ。長い睫毛《まつげ》に縁どられた青い瞳に我ながら見惚《みと》れた。

これぞまさしくディアナの少女時代の顔だ。

わたしがこんなに綺麗な女の子になれるなんて嬉しい！

一瞬そう思ったが、はたと気づいた。

ディアナは悪役令嬢だから、その末路は悲惨なものなのだ。

この世界は魔法ありの世界で、ネスラル王国が舞台となっている。とはいえ、今現在、この国では魔法を使う魔導士の数は少ない。今から五年後、隣国では魔導士を戦力として養成しているという情報を得て、この国でも魔導士を育てることになる。そのため、少しでも魔力がある若者が身分に関係なく魔法学園に集められ、ゲームはヒロインがその学園に入学するところから始まるのだ。

ヒロインのフォート伯爵令嬢アリサは恋愛対象者と共に聖遺物を発見したり、魔物を倒したり、いろんなイベントをこなすことで聖魔法を使えるようになり、聖女として称《たた》えられ、意中の相手とハッピーエンドになる。ディアナはアリサの恋愛を邪魔したり、虐《いじ》めたりする悪役で、最後には断罪されてしまうのだ。

アリサの恋愛対象者は、まずディアナが七歳のときに婚約した相手である第一王子リチャード。外見からしてキラキラ王子様だ。それから、宰相令息である頭脳派のグレッグ。近衛騎士団の団長令息である筋肉派のゴードン。王子の忠実なる側近ではあるが、少し性格がダークなキリエル。ワケありな生い立ちで小悪魔系のルカ。

アリサがこの五人の誰を選んでも、ディアナは邪魔をするし、結局は断罪されてしまうのだ。断罪後はいろんなパターンがあるが、処刑コースはない。けれど、アリサが王子を選んで、他の四人がアリサと王子の取り巻きになったときが一番ひどい。

ディアナは身分を剥奪《はくだつ》され、侯爵家を追い出されることになる。着の身着のままで追い出されたディアナは路頭に迷い、最終的には貧民街で誘拐され、奴隷に身を落とすことになるのだ。

「……冗談じゃないわ」

思わず洩《も》らした声に、母がきょとんとした顔をしてこちらを見る。

「え？　どうしたの？」

ディアナは慌てて手鏡を伏せて、にっこりと笑う。

「ううん。もう大丈夫だから。心配かけてごめんなさい」

この世界の母は子煩悩で、ディアナにとにかく甘い。というより、母としての愛情はあるのだが、躾《しつけ》については乳母と家庭教師任せだった。それなのに、乳母や家庭教師が厳しいことを言おうものなら、母がすぐに出しゃばってきて、すべてを台無しにしてしまう。我儘《わがまま》放題に育つわけだ。

乳母は我慢しているが、本音としてはうんざりしていることだろう。家庭教師に至っては、もう何人も辞《や》めている。すでに王子と婚約しているが、このままでは、お妃《きさき》教育もまともに施されない気がする。

ああ、でも、前世の記憶を取り戻したからには、これからなんとか挽回《ばんかい》できるはず。

悪役令嬢の名は返上するわ！

だいたい、こんな美少女に転生できたのだ。菜々では似合わなかったフリルのついたドレスだって、ディアナには似合う。というより、華やかな容姿のディアナなら、どんな派手なドレスでも着こなせるだろう。

つまり、おしゃれし放題ってこと。悪役としての運命なんて変えてしまえばいい。ディアナの頭の中には、これからの華麗な令嬢ライフが展開される。

まずは、家族に嫌われないようにしよう。

父も基本的には子供のことは母と乳母と家庭教師に丸投げだが、父とディアナの関係は今のところよくも悪くもない。たまに優しい言葉もかけてくれる。母は今のところディアナに甘いが、断罪後に家族に家を追い出されるということは、それまでに我儘が過ぎて、嫌われていたに違いない。

ディアナは四人兄弟で、兄と弟、妹が一人ずついる。それぞれちょうど三歳ずつ離れているが、兄にはすでに疎ましがられていた。断罪された後、せめて家族との関係がよければ、家を追い出されずに済むかもしれない。

よし。これからの目標が見えてきた！

そして、菜々にはできなかった楽しみを、ディアナとして満喫しよう。

ディアナはひそかに心に誓った。

# 第一章　婚約破棄から始まる新たな物語

ディアナは王立シャンティ魔法学園の緑溢れる裏庭のベンチに一人で座り、溜息《ためいき》をついていた。

広い敷地内に三棟建っている三階建ての煉瓦造《れんがづく》りの校舎には、それぞれ教室やいろんな施設がたくさんある。今は昼休みで、他の生徒は友人達《たち》と食堂で昼食を摂《と》っているか、教室でおしゃべりをしているか、中庭で散歩でもしているのだろう。

きっと自分だけが独りぼっちで、こんな裏庭の片隅で――しかも木々に隠れるようにぽつんと座っている。だけど、淋《さび》しさなんか感じない。そんなことより、悩みで頭がいっぱいだった。

卒業まで、いよいよあと一ヵ月。

十歳で前世の記憶を取り戻したディアナは、十五歳のときに新設されたばかりの魔法学園に入学した。ゲーム上のキャラクター達――婚約者で同い年のリチャード王子はもちろん、ヒロインのアリサや攻略対象者も一緒だった。

もちろんゲームの展開どおりにならないように、ディアナはこの三年間、ひたすら努力をしてきた。

でも、なんだか上手《うま》くいかなかった……。

リチャードが婚約者なのは仕方ないが、深入りはしないようにしていたし、アリサや他のキャラクター達にも近づかなかった。なんなら攻略キャラとの聖魔法獲得イベントは、兄のトリスタンと先回りして潰したから、今も彼女は聖女と呼ばれることはない。

なのに、何故か、気がつくとアリサ達はディアナの傍にいたし、アリサに何か問題が起こるたびに、全部ディアナのせいにされてしまっていた。

結果、嫌な噂《うわさ》が立ち、ディアナは孤立することになった。入学当初は親しくしてくれる生徒もいたが、今は誰もディアナには近寄らない。いつもこうして独りぼっちだ。

ああ、もう……一体どうなってるの？

気をつけて行動していたのに、どうしてそうなったのか。さっぱり分からない。

ディアナはまた溜息をつき、うつむいた。

制服の胸元のリボンの形をなんとなく整えてみる。この学園の女子生徒の制服は可愛い。ブラウスとリボンは日本の高校にもありそうなデザインだが、ジャケットの丈が短くて裾に小さなフリルがついている。ミディ丈のスカートはふんわりとふくらむようになっていて、お気に入りだ。

そういえば、この学園に入学することも回避しようとしたのに、入ることになってしまった。ディアナは十歳のとき高熱を出したせいで魔力量が少なくなっていたから、わざわざ魔法学園に通う意味がないとさんざん抵抗したのだが、王子の婚約者だからという理由で強制的に入らされてしまったのだ。そして、この三年の間にリチャードはアリサと恋仲になり、他の攻略対象キャラは二人の取り巻きと化していた。

結局、ゲームのストーリーは変えられないってことなのかな……。

だったら、やっぱりわたしは家族にも見捨てられて、貧民街をさ迷うことになってしまうの？

「そんなの絶対イヤ……！」

思わず心の声を口に出してしまい、ディアナは自分の口を押さえた。そして、周りに人がいないかどうか確かめるために、顔を上げた。

「あ……先生」

ひと気のない裏庭なのに、魔法史の教師であるユリアス・エヴェンバーグが少し離れた場所にいる。木陰で木にもたれながら読書していたようだが、今の声が聞こえたのか、それともたまたま気づいたのか、彼がこちらに目を向けてきた。眼鏡をかけ、濃いグレーのスーツを着た彼は三十代後半の独身男性で、やや長めの茶色の髪を無造作にひとつにくくっている。くたびれた中年教師というのが、生徒達の彼への評価だった。

彼はにっこり笑うと、こちらに近づいてきた。

「やあ、ディアナ」

この学園では平民も貴族も平等という建前がある。なので、ディアナは侯爵令嬢だが、ここでは名前や苗字《みょうじ》で呼ばれている。

「こんなところで一人でどうしたんだ？　昼食はもう摂ったのか？」

「え……ええ、まあ……」

ディアナは言葉を濁した。ついさっきまで食堂にいたのだが、そこにやってきたリチャードとアリサが人目もはばからずにイチャイチャしていたので、いたたまれなくなって早々に出てきたのだった。

いや、別にリチャードのことが好きだというわけではないので、それで落ち込んでいるわけではない。ただ、断罪されそうな未来を考えると、平静ではいられないということだ。それに、周りの目が気になる。

だって、わたしがリチャードの婚約者だって、誰もが知っているわけだし。

普通に考えたら、浮気をしているリチャードや横恋慕しているアリサが責められるべきだと思うのに、何故かディアナが好奇の目で見られてしまうのだ。それどころか、二人の純愛を邪魔する悪役のように思われて……。

なんだか理不尽すぎる！

でも、ディアナが腹を立てたところで、どうしようもなかった。それどころか、事態は最悪ルートへ突入しようとしていた。

つまり、貧民街で拉致《らち》され、奴隷落ちさせられるという……。

いやいやいや、それだけはなんとか避けなければ。

ディアナが思わず首を左右に振ると、ユリアスはその奇行を心配したのか、隣に腰かけてきた。

「一体どうしたんだ？　どこか具合でも悪いのか？」

こちらを覗《のぞ》き込《こ》む眼鏡越しの瞳はいつもと同じ灰色なのに、今日は何故だか煌《きら》めいて見えて、一瞬ドキッとする。彼は元々、整った顔立ちをしているけれど、いつもは何かぱっとしない感じで、とにかく目立たなかった。

なのに、今日は……少し変。

もしかしたら、自分が精神的に参っているから、声をかけてくれた彼が頼もしく見えているだけなのかもしれない。

ディアナは学園が求めるような攻撃魔法などが苦手で、そちらの方面にはあまりいい成績を残せていなかったが、魔法史のような座学には強く、優等生であったため、とりわけユリアスにはいつも目をかけてもらっていた。

書類の整理などの手伝いを頼まれることも多く、他の教師とは違い、彼の研究室で一緒にお茶を飲んだことも何度かあった。だから、ディアナの元気がないこともすぐに気づいたのだろう。

「あ……そうじゃなくて……いろいろ考え事をしていたから……」

「そうか。もうすぐ卒業だし、いろいろ考えることもあるだろう。たとえば結婚のこととか……」

自分の考えが見抜かれていたようでドキッとする。

ディアナがリチャードの婚約者だということを知っているのなら、リチャードとアリサが人目もはばからず仲良くしていることで悩んでいると彼が気づいていても当然かもしれない。

もっとも、わたしはリチャードの浮気に悩んでいるわけではなく、そのことで断罪されることが怖いだけなんだけど……。あの二人がくっつきたいなら勝手にすればいいのだ。そっとしておいてくれたら、わたしのほうから身を引くから。

そう思っているのだが、現実はゲームのストーリーどおりに進行している。本当に困ったものだ。

あれ……そういえば、ユリアス先生なんてゲームに出てきたかな？

一瞬疑問に思ったが、単なるモブならゲームに出てこなくてもおかしくない。実際、ユリアスは目立たない教師だ。

よく見ると、なかなか格好いいのに……。

といっても、ディアナ自身、今日まで彼が格好いいなんて思ったこともなかったのだが。何故、今日だけこんなに格好よく見えるのか不思議でたまらなかった。

まさか、そういう魔法……なんてことはないわよね。

そんな魔法が存在して使えるなら、とっくの昔に彼は大人気の教師になっていたことだろう。

彼は静かな落ち着いた声で話しかけてきた。

「もし何か悩んでいるなら、秘密は守るから私に打ち明けてみるのはどうだろう。アドバイスできるかどうか分からないが」

もちろん、こんな悩みは口に出して言えない。家族には前世のことも含めて打ち明けたが、最初は信じてもらえなかった。努力して家族との関係をよくしていき、前世の知識を侯爵家の事業に役に立てられるようになって、ようやく信じてもらえるようになったくらいだ。

ユリアスとはそこまでの信頼関係はまだない。というより、もう卒業だから、彼とはあと少しで縁が切れてしまうだろう。

それでも、この学園の中で彼だけがわたしのことを気にかけてくれているんだわ。

なんでもないと言ってしまうのは簡単だが、こんなに心配してくれる彼に質問してみる。

「先生は運命って信じますか?」

ゲームで定められた運命。ディアナはそれを壊そうとしてきた。でも、どうにもならないものなのかもしれない。

「もちろん信じているよ」

ユリアスはあっさりと答えた。少しくらいは否定してもらえるものだと思っていたから、ディアナはガッカリして目を伏せた。

「運命からは、逃れたくても逃れられないものなんでしょうか」

「いや、自分次第でそれは変えられるものだとも思っている」

ディアナは驚いて目を上げ、彼を見つめる。彼はディアナを見つめて微笑《ほほえ》みかけていた。妙にその笑顔が眩《まぶ》しく見えてドキドキしてくる。

「だ、だけど、努力しても変えられなかったんです。その場合はやっぱり……」

「それなら私が君の運命を変えてあげよう。もし実際に変わったら、私の言葉を信じてもらえるかな?」

ユリアスがどうやってディアナの運命を変えるというのだろう。そんなことは無理だ。

そう思ったが、家族以外の誰にも打ち明けられずに悶々《もんもん》と悩んでいたから、たとえ嘘《うそ》でもそう言ってもらえて嬉しかった。

「ありがとうございます……ユリアス先生」

彼はふっと笑った。

「もうすぐ『先生』じゃなくなるね」

「あ、そうですね。あと少しで卒業式だし……」

そして、その後にあるのが卒業パーティー。そこでリチャードがディアナを断罪するはず。

運命が本当に変わってくれるならいいのに。

ユリアスにはなんの力もない。それが判っていても、少しくらいは慰めになった。

「卒業後に何をするか決まっているのかい？」

「いえ、まだ……」

元々、卒業した半年後に結婚することになっていた。とはいえ、今のリチャードを見ていると、とてもディアナと結婚するようには思えない。とにかくアリサとベッタリなのだから。

つまり、断罪されて婚約破棄……。

その後は一体どうなるのか。

家族との関係は改善されたから、まさか家を追い出されることはないと思うが、それでも不安は付きまとう。大丈夫なはずなのに、実際に断罪されたら、やはりストーリーどおりになるような気がして怖かった。

「卒業したら、きっといいことがあるよ。そう信じておきなさい」

本当にそうだろうか。不安は残るが、信じることも大切かもしれない。それに、ディアナの学園生活を少しだけ楽にしてくれたユリアスに、これ以上、心配をかけたくなかった。

「はい。信じておきます」

彼はニコッと笑うと、立ち上がる。

「じゃあ、これで。何かあったら、いつでも相談に来なさい。絶対だよ」

なんて優しい言葉だろう。

この学園では、今のディアナに誰もそんなことを言ってくれることはない。

ユリアス先生だけ……。

ディアナは胸がいっぱいになりながら、ユリアスの後姿を見つめた。

あれ……?

彼はこんなに背が高かっただろうか。こんなに颯爽《さっそう》とした歩き方をしていただろうか。まるで別人を見ているみたいな気がしてくる。

それとも、以前からそうで、自分が気づいていなかっただけなのか。

不思議なこともあるものだ。

それこそ魔法にかかったみたいな気分だったが、気のせいだと思い直す。そして、卒業後のことをもう少し楽観的になろうと思ってみた。

一ヵ月はあっという間に過ぎ、その間に状況はまったく変わらなかった。

卒業式が終わり、その夜――。卒業生が制服を脱ぎ、思いっきりドレスアップして集う卒業パーティーが学園のホールで行われる。

ディアナは王都にある自邸で深紅のドレスに着替え、馬車に乗った。

今日、断罪と婚約破棄が行われるはずだと家族に伝えていたため、心配した兄のトリスタンが一緒に乗っている。とはいえ、卒業生と関係者以外は会場に入れないため、馬車の中で待ってくれるつもりらしい。

「会場の出入り口のところまで送ろうか？　そのままそこで待っていたほうがいいかもしれない。おまえに何かあったときに、すぐに駆けつけられるから」

トリスタンは真剣な面持ちで言った。

そんなに気遣ってくれるのは嬉しいが、そこまで危険なことは起こらないだろう。

「大丈夫よ。たぶんすぐ済むから、馬車で待っていて」

「そうか……。でもやっぱり心配だな」

トリスタンはディアナと同じ銀髪で青い瞳を持っていて、顔立ちもよく似ている。つまり、かなりの美形なのだ。こんなに素敵なのに、ゲームではモブどころか、まったく出てこなかったのだから驚いてしまう。

彼は錬金術が得意で、王宮錬金術師になったらどうかと誘われていたのだが、それを断り、魔導具を製造、販売する侯爵家の事業の製造部門を担当している。

侯爵家が製造している魔導具は、前世での主に電化製品のことだ。この世界には電気がないので、代わりに魔力を注入した魔石を動力源としている。

ディアナは前世の記憶を取り戻してから、この世界にあったらいいなあという物を作れないか、兄に相談してみたのだ。まずはエアコン。特に冷房は欲しかった。せめて扇風機でもいいが、エアコンならなおいい。冷蔵庫も当然あったほうがいいし、給湯器やドライヤーも欲しい。

ディアナがアイデアを出し、トリスタンが工夫をしながら製造する。ディアナの魔力量は少ないが、長持ちするような細かいコントロールは得意なので、魔石に魔力を注入する作業を受け持った。

かくして、兄妹が世に出した魔導具は貴族や資産家の間で大ヒットして、リール侯爵家の魔導具を持たない貴族は存在しない。それによって莫大《ばくだい》な利益を得て、王族や貴族の間に大きな影響力を持つことになった。

もっとも、ディアナが関わっていることは、世間には知られていない。トリスタンが天才錬金術師だということは有名なので、彼がすべてを担っていると思われているようだ。彼はディアナの功績をみんなに知らせたいと思っているらしいが、ディアナが断っていた。

何故なら、断罪後のことが不明だから……。

自分のせいで、侯爵家の事業によくない影響が出てほしくないからだ。表に出ず、裏方でいる分にはなんの影響もないだろう。

ともかく、トリスタンはディアナの相棒みたいな存在だ。アリサと攻略対象キャラとの聖魔法獲得イベントを潰したのは、彼の協力があってこそだった。それだけに、結局はアリサとリチャードがくっついたことに、彼は不満たらたらだった。

「それにしても、王子は何を考えているんだろうな。婚約者のエスコートをするべきなのに」

「わたしのエスコートなんて、まったく考えてないわよ。頭の中にはアリサのことだけ」

「恋は盲目なんて、小説や芝居の中だけのことだと思っていたよ。僕にはまったく理解できない」

トリスタンは派手な容姿のわりに、錬金術オタクなので、恋愛にはまったく興味がなかった。社交界にもほとんど顔を出さないのだ。

そんなギャップのある兄のことを、ディアナは好ましく思っていた。

「もういいのよ。わたしはこのドレスを着て、パーティーに出るだけで充分」

今日のディアナは流れるような銀色の長い髪をアップにしており、大振りの派手なイヤリングをつけている。

そして、この深紅のドレスは——ゲームの中のディアナが卒業パーティーに着ていたドレスでもある。つまり、前世で菜々が作っていたドレスなのだ。

これが着たくて、この世界に転生したようなものだから、ついに願いが叶《かな》ったということだ。

「そのドレス、よく似合うな。自分でデザインしたものなんだろう？」

「そうよ。マダム・リリアの店で作ったの」

マダム・リリアというのは、服飾店のデザイナー兼オーナーだ。そして、ディアナのもう一つの名前でもある。

菜々だった頃は自分が着られない可愛い服を作って満足していたが、ディアナには容姿コンプレックスがないため、いくらだけ好きな服を着られる。そんなわけで、自分のために着たい服を作り始めたのが最初で、二年前に店をオープンした。

トリスタンとも事業を始めていたから、店まで始めるのはどうかと思っていたが、学園に入学してから、あまりにもゲームどおりにストーリーが進んでいくのが怖くて、侯爵令嬢ディアナ以外の居場所を確保しておくべきだと感じたのだ。

優秀なマネージャーの女性を雇い、学校にいるときは彼女に店を任せ、休日や放課後にはマダム・リリアとして変身魔法で二十代の女性の姿で接客をした。

店の評判は上々で、多くの貴族が顧客となっている。それどころか、王妃もリリアの作るドレスが気に入ってくれていた。正体がバレないように気を遣うが、それでもデザイナーとして成功できたのだ。たとえ身ひとつで侯爵家を追い出されたとしても、立派に自立して暮らしていける。

何しろディアナ名義やリリア名義の預金がたんまりある。少なくとも奴隷の身に落ちるなんてことはあり得ない。

今までずっと努力してきたのだ。だから大丈夫。

そう思いつつも、やはりどこか怖い。本当に家族と縁が切れたらどうしよう。生きていけるにしても、独りぼっちになるのは怖かった。

トリスタンは眩しいものを見つめるように目を細めて微笑んだ。

「本当にディアナはいろんな才能があるよ。我が妹ながらすごいとしか言いようがない」

「褒め過ぎよ、お兄様」

ディアナは照れてしまった。前世では目立たないように生きていたから、こんなふうに家族からでも褒められることはなかった。

「いや、本心だ。だから……何も怖がるな。あんな浮気王子に何を言われても傷つくことはないんだ」

彼はディアナの不安を見抜いていて、優しい言葉をかけてくれる。

「ありがとう……。わたし、頑張る」

「ああ。必ず待ってるからな。安心しろ」

力強く言われて、ディアナの心は少し落ち着いてきた。

そうだ。これから起こることを知っているのだから、今更動揺することはないのだ。

何を言われても、ただ受け流せばいい。

やがて馬車が停《と》まる。

先にトリスタンが降りて、ディアナの手を取ってくれる。目の前は学園のホールの前だ。まだ日は落ち切っていないが、日没前の薄暗さが漂っていた。

校舎と同じ敷地内にあるが、ホールは校舎より豪華に造られている。正面には白い石の階段が五段ほどあり、そこを上がると、飾りのついた巨大な円柱が張り出した屋根を支えていた。

もうたくさんの人が集まっているのか、建物の外からも賑《にぎ》やかなのが分かる。

「じゃあ、行ってくるわ」

「ああ。気をつけて」

短い言葉を交わし、ディアナは石段を上がった。両開きの扉が開きっぱなしになっており、そのまま中に入ると、天井が高いエントランスが広がっている。ここをまっすぐ行くと、パーティー会場となる広間があった。

そこにはシャンデリアが輝き、花がたくさん飾られ、軽食や飲み物も用意されている。舞踏会さながらだ。貴族ならすでに社交界にデビューしている生徒も多いが、庶民ならこんな催しに参加するのは初めてだろう。ディアナも舞踏会は初めてではないものの、こんなときにいつも一緒にいてくれる母が傍にいないのは落ち着かない。

まあ、これから起こることを考えたら、落ち着かないのも当たり前だけど。

いつもはみんな同じ制服を身に着けている女生徒達が、それぞれ競うように煌びやかなドレスを身にまとっていて、正装した男子生徒にエスコートされていた。貴族のような衣装が用意できなかった生徒もちゃんとおしゃれをしてきている。

全員がいつもより大人びて見えていて、紳士淑女の集まりのようだ。

そう。今日は何もかもが特別で……。

もうすぐ学園長の挨拶があり、楽団が音楽を演奏するだろう。そうして、華やかなダンスが始まるのだ。おしゃべりの声や笑い声がホールに響き、生徒達はこれから始まるパーティーに浮き浮きしていて、輝く顔をしている。

ただ一人、ディアナだけが緊張した面持《おもも》ちで立っていた。

さっきからやたらと視線を感じる。エスコートしてくれるパートナーもなく、一人でこのホールに足を踏み入れたときからだ。そして今は、悪意のある噂話《うわさばなし》が交わされ、嘲笑が自分に向けられている。

できることなら、今日この場に来たくなかった。とはいえ、今までストーリーを回避しようとしても、ことごとく上手くいかなかったし、逆にもっとひどい結果になったこともあったので、ここはもう腹をくくることにしたのだ。結局のところ、抗《あらが》えない運命なのだろう。

ディアナの前にいた生徒達がさっと二手に分かれた。何故なら、その向こうにはリチャードがいて、パートナーのアリサをエスコートしながらこちらのほうに歩いてきたからだ。

リチャードはもちろんディアナの婚約者だ。恋愛の末の婚約ではなく、身分が釣り合うから幼いときから決められていた婚約だが、それでも本来なら互いを尊重しなければならないはずだ。

彼は茶髪で黒い瞳をした美貌の持ち主で、入学当初から女生徒の人気は高かった。学園内では身分の差はなく平等だという建前があるが、実際に彼女達が王子である彼に直接アプローチしてくることはなく、ただ理想の王子様みたいに崇《あが》められただけだった。

しかし、そんな彼女達とは違い、気楽に接してくるアリサに、世間知らずのリチャードは運命を感じて本気で恋をしてしまった……らしい。たぶん。

アリサは綺麗な金色の巻き毛をなびかせ、緑の瞳をキラキラと輝かせている可愛らしい娘だ。リチャードの腕に手を絡め、親密な様子を見せている。そして、それを悪いことだとはまったく思っていないようだった。

目の前に、リチャードの婚約者がいても関係ないという態度だ。不思議なことに、周りのみんなも二人の大っぴらな交際を認めていて、非難の眼差《まなざ》しを向けることもなかった。

普通に考えたら、あってはならないことなのに。

平民の世界であっても同じことだろう。王族や貴族の間なら尚更《なおさら》だ。それは平等を謳《うた》う学園内であったとしても、覆《くつがえ》ることはないはずだ。

それなのに……何故わたしはこんな屈辱を味わわなくてはならないの？

いや、もう今更、結果は同じなのだ。甘んじて受け入れよう。自分にはそうするしかないのだ。

リチャードはゆっくりと口を開いた。

あのゲームと同じように。

ああ……いよいよ。

「リール侯爵令嬢ディアナ……私は君との婚約を破棄する！」

ディアナの耳にその残酷な言葉が響いた。好奇の視線が突き刺さり、ひそひそ声が聞こえる。アリサの瞳が輝いて、リチャードを見上げていた。

「婚約……破棄ですか」

そう答える自分の声が頼りなく聞こえた。

「そうだ。君がアリサにした仕打ち……全部聞いているぞ」

気がつくと、二人を守るみたいに取り巻きが勢揃《せいぞろ》いしている。アリサに片想《かたおも》いしながら、友達に甘んじて、リチャードとの恋を応援する側に回ってしまった間抜けな四人の男達だ。彼らは口々にディアナがいかにアリサを虐めたかという話をしてきた。

ディアナがアリサを呼び出して嫌がらせをしたとか。

アリサの持ち物を隠したり、壊したりしたとか。

テストの回答をすり替えて、アリサの成績を落とそうとしたとか。それどころか、ディアナ自身は不正して、いい成績を取ったとか。

危害を加えて怪我《けが》をさせたとか。

今までたくさん噂話のネタにされてきたことばかりだが、今まで面と向かって言われたことがなかったから反論もできなかった。しかし、怪我までさせたとまで言われて黙ってはいられない。

「私には身に覚えのないことばかりです。証拠はあるんですか？」

リチャードはふんと鼻で笑った。

「証拠だと？　こちらには証言する者がたくさんいるんだ。君の悪事は目撃されていたんだよ」

「では、目撃者を連れてきてください。特にわたしが彼女に危害を加えたという件について。わたしは彼女が怪我をしていたことさえ知りませんでした」

取り巻きの一人、ゴードンが大きな声を出した。

「知らないはずがないだろうっ？　手に包帯を巻いていたというのに」

そんなことを言われても、いつもアリサに注目していた彼らはともかく、ディアナはそうではない。できることなら視界に入れないようにしていたから、包帯をしていた時期も判らなかった。

「しかも、ついこの間のことじゃないか！　ちょうど一ヵ月前のことだ。階段から突き落とされて、アリサは必死で大怪我《おおけが》をしないように自らを庇《かば》って手を痛めたんだ。目撃者はアリサの友人だよ。分かったか！」

アリサの友人とは誰なのだろう。彼女はリチャードや取り巻きとばかり一緒にいたのに、他に友人などいたのだろうか。

「だから、目撃者はどこにいるんですか？」

「うるさい！」

リチャードが一喝すると、ディアナを睨みつけてきた。

「とにかく、君はアリサにひどいことをしてきた。そんな女と結婚するわけにはいかないということだ。婚約は破棄する。そして……」

彼はアリサに目をやった。蕩《とろ》けるような目をして彼女を見つめる。そして、彼女もキラキラと輝く目で嬉しそうに彼を見つめ返していた。

「僕はアリサと婚約する。アリサこそ僕の妃にふさわしい」

「リチャード……わたし……あなたのお妃になれるなんて……」

「君以外にいないよ。アリサ……」

二人は抱擁し合っていて、それを見た生徒達が歓声を上げた。どうやら、みんな二人がくっつくことを望んでいたらしい。

ああ……なんか馬鹿馬鹿しくなってきた。

どう反論しようが、ディアナはアリサを虐めた張本人で、リチャードに婚約破棄される運命なのだ。だったら、もう抵抗するのはやめた。虐めた証拠や目撃者なんて出せないのだろうが、ディアナも自分がやっていないという証拠は出せないのだ。

「……分かりました。婚約破棄は謹《つつし》んで承りますわ」

こちらは譲歩したのだが、リチャードはディアナには厳しい目を向けてきた。

「いや、それだけでは済まない。君は侯爵令嬢にはふさわしくない。アリサに危害を及ぼした罰として、貴族の身分を剥奪する！」

彼が高らかにそう告げたとき、さすがに生徒達から動揺したような声が聞こえた。いくらなんでも身分剥奪なんて、厳しすぎるということなのだろう。

「将来の国母を階段から突き落としたのだ。軽い怪我で済んだが、ひとつ間違えたら大変なことになっていたかもしれない。これは正当な罰だ」

リチャードが身分剥奪のことを口にするのは分かっていたが、それでもディアナは不満だった。証拠もなく、あやふやな目撃証言だけで裁判もしていないのに、一方的に裁かれているのだ。しかも、リチャードにそんな罰を言い渡す権限があるのだろうか。

「その罰は殿下の一存で決められたことですか？　それとも陛下がお認めになったのですか？」

「父は関係ない。しかし、私が決めたからには絶対だ。おまえがどう言い訳しようが、この決定は覆らない」

彼は傲慢にもそう言い放った。国王がリチャードの意見を全面的に支持しているのかどうか分からないが、卒業パーティーでこんな重大なことを言い渡すのはおかしい。

まあ、それを言ったら、この場で婚約破棄だの、次の婚約相手だの言い出すことが変なのだけど。

ゲームのストーリーがそうなっているから仕方ないのか……。

この世界で生きているわたしにとっては、現実そのものなのに。

ディアナは急にどうでもよくなってきて、早く帰りたくなってきた。これ以上、ここで言い合っていても、彼らは受け入れたりしないだろう。

「ともかく婚約破棄は承諾いたします。後のことは、王家と我がリール侯爵家との話し合いにお任せしますわ。それでは殿下、ごきげんよう」

優雅にスカートを摘まんで挨拶すると、ディアナはさっさと裾を翻した。

幸い生徒達は道を空けてくれて、ディアナがホールを通り抜けていくのを邪魔しなかった。パーティーが始まる前に自分だけ帰らなくてはならないのが苛立《いらだ》つものの、早くに終わってよかったとも言える。

これからわたしはもうこの学園に来なくていいんだから！

リチャードとアリサ。それから彼らの取り巻き達。何かと噂話で誹謗《ひぼう》中傷してきた生徒達。

彼ら全部と縁が切れた。これから、わたしは自由なのよ！

颯爽《さっそう》とエントランスから外に出ようとして、向こうから足早にやってき若い男性とぶつかりそうになって、抱きとめられた。

「ああ、すまない」

「いえ、わたしこそ失礼しました」

顔を上げると、そこには長めの黒髪を後ろに流した男性がいた。藍色の瞳が印象的だ。驚くほどの見目麗しい顔で、ディアナはドキッとする。

彼が身に着けているのは、魔導騎士団の制服だ。近衛騎士団ほど華やかではないが、紺色の上着に金糸の刺繍《ししゅう》が入っていて格好いい。しかも、いくつか勲章をつけている。魔導騎士団に入団が決まっている卒業生も多いから、きっとその関係でパーティーにゲストとして招かれているに違いない。

「もしかして、これから帰るところかな？」

彼は優しい声で問いかけてきた。

あれ……誰かと似ている声だ。誰だっただろう。

そういえば、顔も誰かに似ている気がする。

「パーティーはこれからなのに？」

「あ……はい。いろいろありまして」

確かにパーティーが始まる前に帰ろうとするなんて、変だと思われたことだろう。

「そうか……。じゃあ気をつけて」

心なしか残念そうに聞こえた。でも、きっと気のせいだ。初めて会った人が残念がる理由はない。

「ありがとうございます。パーティーを楽しんでくださいね」

ディアナが微笑むと、彼は軽く頷《うなず》いた。

エントランスを出て、侯爵家の馬車を呼ぼうとする前に、トリスタンが目の前に現れる。どうやら結局、気になってこの辺りをウロウロしていたのだろう。

「ディアナ、大丈夫か？」

「うん。大丈夫よ。詳しくは馬車の中で話すから」

自分では落ち着いていたつもりだが、トリスタンの顔を見たら、どっと力が抜けた気分だ。やはり気を張っていたのだろう。

ディアナはトリスタンと馬車に乗り込み、侯爵邸に向かう。

もう日は落ち、辺りは暗くなり始めていた。

執事が開けた侯爵邸の扉の向こうは、大理石の床が広がるエントランスだ。

正面に絨毯が敷かれた幅の広い階段があり、シャンデリアが天井からぶら下がっていた。来客用に用意されている大きな革張りのソファがあり、そこに座っていた美男美女の両親が立ち上がる。

「ディアナ……！」

いつもは上品な貴婦人である母が駆け寄り、ディアナを抱き締めた。父は母に似合いの落ち着きある紳士なのだが、今日は様子が少し違う。

今日が『その日』だということは、家族に知らせていたから、両親はもちろん気を揉《も》んでいたのだ。彼らもトリスタン同様、学園まで一緒に行くと言っていたのだが、ディアナがそこまでしなくていいと説得したのだった。

けれども、こんなにも心配してくれていることが嬉しかった。

前世を思い出してから、この世界の両親と仲良くすることは命に関わることだったから必死だった。最初はそんな利己的な理由から家族との絆《きずな》を強固にしようとしていたのだが、今は本心から家族のことは愛している。

「ディアナ……大丈夫だったの？」

母がディアナの背中をさすってくれる。その温かさに幸せを感じた。

「こんなに早く帰ってきたということは……やはりおまえの言うとおりのことが起こったということなのか？」

父はディアナの前世の知識を信じてはいても、王子がパーティーで、それも多くの人の前で婚約破棄や断罪をするとは信じがたかったのだろう。

「そうなの……。わたしがアリサを虐めたり、危害を加えたっていうことになっていたわ。婚約破棄の上に、罰として身分剥奪だと……」

「冗談じゃない！　王子ごときが勝手に貴族の身分を取り上げたりできるはずがないのに！」

父の怒りはもっともだ。王族が権力を維持できているのは、貴族がその権力を支えているからだ。リール侯爵家は三百年前に王国ができたときから存在していて、貴族の中でも力を持っているほうだが、それ故に王族への貢献度も高かった。

だからこそ、ディアナと第一王子との婚約も成立したのだ。これは一方的にリール侯爵家だけが恩恵を受けるのではない。リチャードはリール侯爵家の後ろ盾を得たことで、王太子となれるからだ。

しかも、昨今は魔導具の事業で収益もかなりある。いや、表向きにはディアナの名前は出していないから、トリスタンが中心となって事業を行っていると思われているらしいが、それでもリチャードが蔑《ないがし》ろにしてもいい家ではないのだ。

それなのに……。

アリサに骨抜きにされてしまったのか、それともリチャードが愚かなのか。

いや、きっとその両方だ。

そもそもの話、ディアナはリチャードがそんなに好きでもなかった。ストーリーを知っていたからというのもあるが、尊敬できるところが少ない。勤勉ではないし、人の好き嫌いが激しい。厳しいことを言う人を遠ざけていたから、甘い言葉しかかけないゴマすり人間しか傍には残らないのだ。

とはいえ、人前で婚約破棄だの断罪だのされるような未来を避けるため、リチャードとはいい関係を維持したいと思っていた。

まあ、願いは叶わなかったけど……。

でも、家族がわたしの味方になってくれている。たとえ本当に身分を剥奪されたとしても、家族はきっとディアナのことを見捨てたりしないだろう。

ただひとつ不安はある。ディアナがどんなに抗《あらが》っても、ゲームのストーリーどおりになってしまった。それならば、これからもそうなってしまう可能性がある。

もし国王がリチャードの意見を支持したら、やはりディアナの身分は剥奪されるだろうし、侯爵邸からは出ていかなければならないだろう。

「明日の朝、私は陛下へ抗議に行くからな」

父は憤慨しながら拳を握っている。

「気をつけて行ってきてね。わたしを庇《かば》うために、殿下のことを糾弾《きゅうだん》しすぎないように……」

父と国王は幼い頃からの友人で、仲がいいほうだ。しかし、息子をけなされたら、さすがの国王も父を煙たく思うかもしれない。

「心配ない。陛下は息子の学園での行状はすでにご存じだ」

ということは、学園にスパイでもいるのかもしれない。まったく気づかなかったが、今夜のことも父が知らせなくても国王に連絡が行くのだろう。ただ、抗議に行くということは大切だ。それも、すぐに抗議されれば、リール侯爵家がこの件にかなり怒っていることが国王に伝わる。

ディアナの胸に希望の灯がともった。

「とにかく、おまえは安心していなさい。学校と仕事の両立でずっと忙しかっただろう？　しばらくゆっくりするといい」

「はい……。ありがとう、お父様」

父はディアナの髪をそっと撫《な》でた。

幼い頃とは違い、久しくこんなに優しい仕草をしてもらったことはない。父の心の温かさに今更ながら気づき、胸の中が熱くなってくる。

「僕もついているからな」

トリスタンが声をかけてくれる。母はほっとできる笑顔を見せてくれた。

ああ、なんて幸せなんだろう。

心配なんかすることはない。たとえ国王がリチャードの味方をして、ディアナの罪を信じたとしても、自分にはこんなに心強い味方がいる。

そうよ。学園にだって、わたしを信じてくれた人はいたわ。

そういえば、今日はユリアスには会えなかった。会場にはいたのだろうか。ディアナが断罪されていたのを、どこかで見ていたのか。

もちろん先生はわたしのことを信じてくれたはず。

残念ながら会えなかったことが心残りだ。卒業した今となっては、もう会えないだろう。自分からあの学園に出向くこともないし、それだけが残念だった。

「パーティーでは何も食べてないんでしょう？　わたし達もまだなの。マックスとミリアムは先に食べるように言っておいたから、もう食べ終えたかもしれないけど」

母の言葉に、パーティーでは食事どころか、飲み物さえ手に取っていないことを思い出した。だいたい最初の学園長の挨拶も聞いてないから、パーティーが始まる前に追い出されてしまったのだ。

食堂に行くと、弟のマックスと妹のミリアムがディアナを見つけて駆け寄ってきた。どうやらテーブルについていたものの、まだ食べてはいなかったらしい。

「姉様！　大丈夫だった？」

「お姉様、お顔の色が悪いみたい」

マックスは十五歳、ミリアムは十二歳だ。リール侯爵家は美形家族だから、二人とも可愛い外見をしているが、外見だけでなく性格もたまらなく可愛らしい。

「大丈夫よ。二人とも、心配してくれてありがとう」

本当に家族に関する限り、ゲームどおりにはならなくてよかった。

家ではこんなに平和なのだから、学園での出来事なんてどうでもいい。もちろん社交界では影響するだろうし、いい縁談も来ないだろうが、ちゃんと自立できているから平気なのだ。

いざとなれば、マダム・リリアとして生きていくし。そうなったら結婚なんかしなくてもいい。

「さあ、嫌なことは忘れて食事を楽しもう」

父がそう言うと、みんなが席に着く。

和気藹々《わきあいあい》とした雰囲気が流れ、笑い声が響いた。ディアナが少なからず傷ついていると思っているからなのか、みんなは少しわざとらしいほど明るく振る舞っているような気がする。けれども、その心遣いを無にしたくないから、ディアナもそれに合わせた。

本心では……やっぱり少し傷ついているかも……？

諦めていたとはいえ、人前で婚約破棄をされ、身に覚えのない罪を突きつけられたのだ。恥ずかしかったし、怖くもあった。誰も庇ってくれなかったのだから。

だけど、ここにいれば安心できる。

この家では誰もわたしを傷つけたりしない。

ディアナにとって、それだけが救いだった。ともあれ、十歳で記憶が甦《よみがえ》って以降、今日という日を恐れて生きてきたのだから、とにかく後がどうなろうと一応、すべてが終わったのだ。

ディアナはそっと肩から力を抜いた。


翌日、父は宣言どおり、朝から王宮へ向かった。

ディアナはゆっくり眠るつもりだったが、やはり昨夜のことが頭に残っていたせいか、早く目が覚めてしまい、馬車に乗る父を見送った。

食欲がなく、朝食をほとんど食べなかったので、母が心配して、二人でお茶を飲むことになった。

マックスもミリアムも家庭教師が来ていて、勉強中だ。マックスはもうすぐシャンティ魔法学園に入学する予定ということもあり、その準備に忙しい。学力も魔力も充分すぎるほどあるのだが、マックスの入学についてディアナは少し不安を抱いていた。

「わたしの弟だということで、マックスは虐められたりしないかしら」

卒業パーティーで王子に断罪されたことが、在校生の間でも噂になっていたらどうしよう。ディアナと同じように、卒業生にマックスと同じ年齢の弟妹がいれば、こういう話はすぐに伝わるだろう。それに、事実より面白おかしく脚色されてしまうかもしれない。

「心配性ね。マックスは自分の意見をちゃんと言える子よ。あなたの悪い噂なんて逆に払拭してくれるわよ」

そんなに楽観的になれないのが、自分の悪いところかもしれない。いや、もしかしたら母が楽観的すぎるのかもしれないが。

二人でお茶を飲んでいると、扉がノックされ、メイドが入ってきた。

「ディアナお嬢様にお客様です。ユリアス・エヴェンバーグという方が……」

「ユリアス先生が？」

ディアナは思わず立ち上がった。

「……ユリアス先生って？　学園の教師の方なの？」

「あ、魔法史の先生なの。とても優しい方よ」

「それなら応接間にお通しして」

母がきびきびとした動作で立ち上がると、メイドに鏡を持ってこさせて、髪を整える。学園では教師と生徒として、研究室で二人きりになったこともあるが、この屋敷ではディアナが男性と二人きりになることはない。必ず付き添いが必要なのだ。

「先生はきっと昨夜のことでわたしのことを心配してくださったのよ。いつも気にかけてくださっていて……」

「ありがたいことだわ。少なくとも、先生方の中にはあなたの味方になってくれる人がいたのね」

そういえば、パーティーではたくさんの教師もいたのだが、誰も助けようともしてくれなかった。

とはいえ、あそこまで傲慢に振る舞う王子に逆らえないのは、教師とて同じなのだ。

ディアナは母に髪とドレスを整えさせられた後、一緒に応接間へ移動した。

侯爵邸の応接間は広くて豪華だ。大きな絵が飾られていて、天井も高い。ソファもひとつではなく、たくさん置かれていて、日本人の庶民的感覚では落ち着いて話せる雰囲気ではなかった。ユリアスはきっと所在なさげに座っているのではないかと思ったのだが、意外にも大きなソファにゆったりと腰かけていた。

彼は母を見ると、さっと立ち上がり、胸に手を当てて頭を軽く下げる。服装は学園でよく見るスーツだが、何故だかいつもより若いように見えるし、動作も優雅に見えるのが不思議だった。

「私はシャンティ魔法学園の教師、ユリアス・エヴェンバーグです。昨夜のパーティーの件で伺いました」

「ええ。昨夜のことは本当に娘も心を痛めておりまして……」

「そうでしょうとも。私もまさかあんなことになろうとは……。昨夜、私は急用がありまして、パーティーに遅れたのです。何があったのかを聞き、とにかくできるだけ早くディアナ嬢にお会いしなくては……と」

ユリアスはあの場にいなかったのだ。それを知り、ディアナはほっとした。あのときとても惨めな気分になったから、彼にそんな自分の姿を見てほしくなかったのだ。

「先生、わざわざお越しくださって、ありがとうございます。昨夜お会いできなくて、もうお顔を拝見することはないと思っていたから嬉しいです」

ディアナは礼を言って、ソファに座ってもらった。小さなテーブルを挟んだ向かい側のソファに、ディアナと母が並んで腰かける。

やがてメイドがお茶とお菓子を運んできたので、それを勧めながら、ディアナは本題に入った。

「先生はパーティーで起こったことを、どんなふうにお聞きになりましたか？」

ユリアスはすっと眉を寄せて難しい顔をした。

「パーティーが始まる前に、君が王子殿下から婚約破棄を言い渡された、と。殿下は君がアリサにひどいことをしたと信じていたそうだね。そんなわけはないのに」

つまり、リチャードに断罪されたことは聞いていても、ディアナが実際にそうしたとはユリアス自身は思っていないということだ。

よかった……。

思い返せば、授業は楽しかったのに、つらい学園生活だった。入学したときはそれなりに仲のいい友人もいたのだが、途中で結婚が決まって辞めていったり、悪い噂が広まって離れていったりして、卒業直前にはいつも一人だった。

座学の成績はよかったから教師には目をかけてもらっていたが、中でもユリアスはディアナを気にかけてくれていた。学園生活の最後の一年はユリアスがいたことで、なんとか耐えられたと言っても過言ではない。

そのユリアスに信じてもらえなかったとしたら、やはりショックだっただろう。とはいえ、彼が昨夜のことを知って、どう思うかまでは分からなかったのだ。

でも、まさかわざわざ侯爵邸まで訪ねてきてくれるとは……。

「先生はわたしが無実だと思ってくださるんですね？」

「もちろんだ。君はそんな人ではない。今までたくさん話をしたからね。それくらい見抜けないようでは、教師などやっていられない」

「本当にありがとうございます。何故かみんながアリサの言うことを信じてしまうから、どうしようもなかったんです。証拠があるとか目撃者がいるとか言い出すし……」

「だが、実際に証拠や目撃者の証言を出すことはなかったと聞いた」

「そうなんです。でも、殿下はわたしの言うことを頭から否定するばかりで……」

「まあ、それも恋心なんだろうが……。実を言えば、みんながみんな、アリサの言うことを信じていたわけではないようだぞ。おかしいと思う生徒もいたということだ。ただ、表立って君の味方をする勇気はなかったようだな」

そういうことだったのか。

全員が自分の敵のように見えて怖かったけれど、本当はそうではなかったのだ。ゲームのストーリーのとおりにすべてが動いていると錯覚してしまったから、視野が狭くなって、味方の存在に気づけなかったのかもしれない。

「わたし、こうなるのが運命だなんて思い込んでいました。もう自分がどう奮闘しようと変えられないものなんだって」

「前にもそんな話をしていたね」

ユリアスはにっこり笑った。

その笑顔が妙に眩しく見えて、一瞬ドキッとする。彼は微笑みながら話を続けた。

「運命は変えられる……というか、一見悪いように見えても、よい方向に行くかもしれない。つまり、悪い運命を断ち切って、これからいい運命に変えるんだ」

「ああ、そうですね！　わたしも今はそう思います」

全面的に同意すると、ユリアスは軽く頷いた。

「私は君が昨夜のことで絶望しているのではないかと気になったが、そこまでではなかったようだね」

運命の話なんかしていたから、彼は本気でそう思って、家まで訪ねてきてくれたのだ。

「絶望まではしていませんでしたけど……やっぱり傷つきました。人前で身に覚えのないことで糾弾されて、平気な人はいないと思いますし」

ディアナはそうなると分かっていたから、衝撃は少なかった。もし突然あんな目に遭ったら、どんなにショックを受けたことだろうか。王子の婚約者としての勉強も、マナーの習得も難しかったのだ。その努力のすべてを否定されたようなものなのだから、絶望してもおかしくない。

しかも、別の女性を新たな婚約者として披露するなんて……。

よくよく考えると、そんなことをする必要がどこにあったのだろうか。リチャードが卒業パーティーでアリサと婚約発表したいというだけだったのではないか。ずいぶん身勝手だ。

「それに……殿下は身分を剥奪するとおっしゃったんですが……」

「相当な理由がなければ、貴族の身分を剥奪されることはないはずだ」

「そうですよね……。でも、不安なんです。わたしは一体どうなるのかと」

家から追い出されなくても、侯爵令嬢と世間で認められなくなったら、社交界では生きていけない。もちろん他に生きる方法はあるが、それはそれだ。やはり不当だと思うから、リチャードの断罪は受け入れがたかった。

「私は君の潔白を信じているし、名誉を回復したいと思っている」

「えっ、でも……」

今更そんなことができるのだろうか。ディアナは彼の言葉に戸惑った。

「まずは目撃者と証拠を探そう」

「相手は王子殿下ですし……先生にご迷惑がかかるかもしれないから……」

「大丈夫」

ユリアスはなんの根拠もないだろうに、そう言い切った。

なんだか心配になってくる。たとえ生徒に味方がいたとしても、勇気がなくて誰も証言などしてくれないだろう。それに、やはりなんといっても王族の反感を買うような真似は、たとえ教師でもやめたほうがいいのではないだろうか。

「先生が心配です」

「君は優しいね」

微笑みながら言われて、ディアナは頬《ほお》を染めた。最近は妙に格好よく見えるから照れてしまう。気のせいなのか、なんなのか分からないけれど。

「必ず君をいい運命に導いてあげるから。今はいろんな思いがあるだろうけど、元気を出してほしい。私はそれだけを言いにきたんだ」

つまり、ディアナを励ますために、わざわざ来てくれたのだろう。たとえユリアスが目撃者や証拠を探せなかったとしても、探そうと思ってくれただけでも十分に嬉しい。

すると、それまで黙っていた母が横から口を挟んだ。

「先生はなんていい方なんでしょう。たった一人の生徒のために、そこまでしてくださるなんて」

彼は母に向かって笑顔を向ける。

「お嬢さんは優秀でしたから。いわれもない罪で裁かれたり、将来が閉ざされるようなことがあってはならないと思います」

「先生にそれほど目をかけていただいているなんて、娘は幸せ者ですわ。よろしかったら、また娘を元気づけてあげてくださいませ」

ユリアスは笑顔のまま母に頷き、ディアナに目を向けた。眼鏡の奥の瞳はとても優しげに見える。もし婚約者であるリチャードがせめてこれくらい自分に関心を寄せてくれていたらよかったのに。

けれども、こうなることがやはり運命だったのだ。ユリアスが言うとおり、その運命を変えることができるのかどうかは分からないけれど。

ディアナの未来はまだ不確定だった。

＊＊＊

ユリアスはリール侯爵邸を出てから、馬車の中で眼鏡を外し、変身魔法を解いた。

茶色だった髪は黒に変わり、灰色だった瞳は藍色に変わる。それだけでなく、顔立ちも変わった。

服装は同じだが、これだけ違うと、今の自分を教師のユリアスだと思う人はいないだろう。

ユリアスの本当の名はアレクシス・ジョージ・ブルームス・ネスラル・エージュ。エージュ公爵と呼ばれている。

名前の一部にネスラルという王国名が入っているのは、王の親族であることを意味している。亡き先王の第二王子で、現国王の弟という立場だ。国王には王子が三人いるので、王位継承者第四位でもある。

幼い頃から魔法の才能に長《た》けていて、王宮魔導師という肩書きをもらっていたが、現在は魔導騎士団の団長という役職を拝命している。そんな自分がどうしてシャンティ魔法学園で教師をしていたかというと……。

実は王命なのである。

アレクシスは額に手をやり、深い溜息をついた。

この国では二十歳の成人式と同時に立太子の儀式をすることになっている。つまり、王位継承権の順位はついているものの、第一王子が王太子となれるかどうか、成人式までに決定されるのだ。

国王はリチャードに王の器があるかどうか疑っていた。婚約者であるディアナは妃教育もしっかりと受け、その能力があると思われているが、リチャードには不安があると言っていた。甘やかしたつもりはなかったらしいけれど、結果的に甘いところがあるという。そこで、大人の目が行き届かない学園生活で、リチャードがどんなふうに振る舞っているのか、調査してきてほしいということだった。

アレクシスは新設された魔法学園が気になっていたし、何より魔導騎士団にスカウトする人材を自分の目で発掘したいという野望があり、変身魔法を使い、学園に潜入することにしたのだった。

それがまさか、こんなことになろうとは……。

リチャードはディアナを蔑ろにして、可愛らしい女生徒に心を移した。移しただけならいいが、女生徒の言いなりになってしまった。リチャードの将来の側近になるはずだった取り巻き連中も同様だとは、本当に嘆かわしい。

いっそ学園になど入らなければよかったのに。

いや、若いときに王の器でないと分かって、よかったのかもしれない。あんな国王と側近に国を動かす権限を与えたら、一体どんなことになるのか。考えたら恐ろしすぎる。いくら成人前とはいえ、言い訳はできない。

もっと恐ろしいのは、ディアナが悪女だという噂が流れ始めたことだ。

特に、卒業前の半年前から、その噂は顕著になった。アレクシスはおかしいと思いつつも、魔導騎士団に入団希望の卒業生を選考するのに忙しかったので、そちらの調査がおざなりになってしまっていた。

とはいえ、卒業パーティーで婚約破棄が行われるとは思いもしなかった。

リチャードが婚約解消したければ、勝手にすればいい。だが、人前でするものではないし、筋を通してすべきものだ。そもそもリチャードの浮気が原因なのだから、リール侯爵家に誠心誠意心を尽くさなければならないし、当然、その前に国王の許可が必要だ。

今回、彼は国王にもリール侯爵にも話を通してもいなかった。ただ、人前でディアナに恥をかかせ、ありもしない罪をでっち上げて、勝手に婚約破棄と罰を言い渡した。

即位どころか立太子もしていないのに、今から国王気取りかと批判されても仕方ない。

昨夜は急用ができてパーティーに最初からいることができなかった。ちょうど出入口でディアナに出会い、彼女が帰ろうとしていることに驚いたが、まさかそんなことがあったとは思わなかった。

彼女は落ち着いているように見えたものの、本当はどれほど傷ついていたことか……。

自分がその場にいたなら、絶対に庇ったのに。

会場でその話を聞き、予定を変更して、すぐに王宮へ向かって報告した。国王は息子のしたことに怒りよりも、情けなさでいっぱいの様子だった。ディアナが蔑《ないがし》ろにされていることは、以前から報告していた。だから、国王はそれとなく息子には婚約者を大事にするように言い含めていたというのに、その忠告がまったく役に立たなかったのだ。

リチャードは王位継承者としての資格を剥奪されるだろうし、あの取り巻きどもの将来も思うとおりには行かないだろう。アリサはそれでもリチャードと婚約したいと思うのだろうか。

いや、そんなことはどうでもいい。彼らは自分の罪を償うだけのことだ。

リチャードは婚約者がいながら浮気をした。アリサは婚約者のいる男性、それも王子に手を出した。取り巻き連中はそれを諫《いさ》めるどころか、二人を応援していたらしい。

まったくもって、ダメな連中だ。

それに引き換え、ディアナは真面目で心優しい女性だ。魔法史みたいな地味な授業にも手を抜かず、コツコツと勉強をして、いい成績を取った。手伝いを頼むと、嫌な顔ひとつせずに引き受けてくれるし、つまらない冗談にも笑ってくれた。

笑顔がとても美しくて、アレクシスは彼女がリチャードの婚約者だということが悔しかった。とはいえ、王太子妃や将来の皇后として、これほど適した令嬢もいないだろうとも思った。

それなのに……リチャードはディアナを人前で恥をかかせ、傷つけた。

そのことを思い出すたびに、アレクシスの胸に怒りが湧き上がってくる。絶対に許せない。なんとかして証拠と目撃者を探し出して、リチャードとアリサの責任を追及するのだ。

嘘いつわりで人を貶《おとし》めたら一体どうなるのか、身をもって償ってもらおう。

ディアナを救う。

今はそれだけだが、いずれは彼女を……。

アレクシスは彼女の微笑みを思い出して、ふっと笑う。

窓の外を見ると、馬車は学園へ向かう通りを走っていた。

アレクシスは再び眼鏡をかける。心を落ち着けて、自分に変身魔法をかけ、静かにユリアスに戻っていった。

# 第二章　ユリアスと魔導騎士団の団長

翌日、ディアナはシャンティ魔法学園へ向かった。

ユリアスはディアナの名誉を回復すると言っていたが、それならユリアスだけに任せておいてはいけないのではないかと思ったからだ。

彼は一介の教師なのだから、王子と対立するのは危険なのではないだろうか。解雇されたら、どうするのだろう。そう思うと、当事者の自分がのんびりとしているわけにはいかなかった。

昨日、王宮へ抗議に向かった父が帰ってきて、話を聞いた。

婚約破棄は国王も知らなかったことで、本当にリチャードの独断だったらしい。父はリチャードの不実を責め、人前で名誉を穢《けが》されたのだから、こちらから婚約破棄をすると申し出た。

しかし、国王は事実確認が先だと言い張ったという。父はかなり食い下がり、婚約はなんとか解消されたが、発表は後ほどということになったそうだ。

とはいえ、時間の問題だ。

リチャードはアリサと結婚したいのだろうし、ディアナもそんなリチャードと結婚なんて、もう絶対に考えられなかった。

ただ、やはり名誉は取り戻したい。身分剥奪の話もはっきりと失くしてほしかった。自分がこれから社交界で新しい花婿探しをするのかどうか分からなかったが、名誉が回復されなければ、これからの人生の選択肢が狭まってしまう。

わたしはなんにも悪いことはしていないのに。

やはり、自分がリチャードやアリサのせいでそんな目に遭うのはおかしい。

だから、ディアナはユリアスに会いにきたのだ。

今日のディアナは制服を身に着けている。卒業したから学園では部外者になるものの、制服を着ていればバレないだろう。実際、学園の前で馬車から降り、在校生のふりをして門の中に入った。門番はいつもいるものの、生徒の顔を覚えているわけでもないので、制服を着ているディアナをそのまま通してくれた。

こんなにセキュリティが緩くていいのかという気がしないでもないのだけど。

でも、こちらとしてはそのほうが都合いい。ディアナはユリアスの研究室へ向かう。

魔法史の授業があったら、ここにはいないはずだが、とにかくノックをしてみる。すると、中から返答があった。

扉を開けると、そこは明るくてすっきりとした広い部屋がある。壁際には大きな本棚が並んでいて、たくさんの本が収納されていた。部屋の真ん中にはソファとテーブルがあり、窓の近くに立派な机がある。その机についていたユリアスが驚いた顔をして振り向いた。

「どうしたんだ？　一体……」

「先生がわたしの名誉を回復してくださるというので、わたしにも何かお手伝いができないかと思いまして。だって、自分のことですし、何もかもお任せというのはよくないですよね」

「……真面目なんだね。まあ、こっちへ入って」

ユリアスは微妙な顔をしている。

確かに喜ぶことでもないだろうが、そんな表情をされると、自分が来たことは迷惑だったのかとも思う。

「すみません。勝手に押しかけてきてしまって……」

扉を閉めて、ディアナは彼の近くへ行く。

「そんなことはないよ。ただ、ちょっと驚いただけだ。君が何もできないお嬢様だと思っていたわけではないけど、自分から手伝うと言い出すとは思わなくてね」

確かに侯爵令嬢という肩書きからは、自分から行動するイメージはないかもしれない。

ディアナは彼が勧めてくれた予備の椅子に腰かけた。彼の仕事の手伝いをするとき、よくこの椅子に座ったものだった。

ユリアスは机に置いてあった書類をディアナに指し示す。

「これは……？」

「昨日一日で集めた証言だよ」

書類には証言をしてくれた人の名前と証言内容が書かれている。もちろん手書きだ。細かい字でびっしりと書かれていて、意外とたくさんの人が証言してくれたのだと感心する。

「あ、先生方の証言なんですね」

「君は真面目な優等生だったからね。先生方もパーティーでのことはショックを受けていたようだ。王子を止めたかったが、できなくて申し訳なかったと……」

「殿下が相手だから仕方ないですよ」

授業中ならともかく、パーティーでの出来事だ。あそこでリチャードを止めていたら、教師の職を失うかもしれない。リチャードにその権限があるかどうか分からないが、ディアナにも貴族の身分を剥奪すると言ったのだ。同じような命令を下されるかもしれないと思ったら、誰も彼に意見を言うことはできないだろう。

「でも、その代わり、学園で見聞きしたことをしっかり証言してくれたんだ」

「ありがたいですね。ですけど、後でご迷惑がかかるなんてことは……」

証言してくれたことは本当に嬉しいが、やはり気にかかるのはそのことだ。王家に睨まれるのは怖いはずだ。よく勇気を出して、証言してくれたものだと思う。

「大丈夫だ。心配ない」

あっさりと彼がそう言ったからには、きっと何か理由があるのだろう。そういえば、学園長は国王の友人だと聞いたことがある。実はこの件について学園長がバックについているのかもしれない。だから、ユリアスが強気でこんな証言を集められているのかもしれなかった。

ざっと書類に目を通したところ、ディアナの日頃の学習態度や成績のことについて書かれていた。やはりしっかり授業を受けて、成績を維持していたことは正解だった。ゲームでのディアナときたら、授業そっちのけで、リチャードを追いかけたり、アリサに嫌がらせをする計画ばかり練っていたのだ。

「これだけ証言を集めても、殿下が納得してくれなかったら、どうしましょう。でなければ、証言が捏造《ねつぞう》だとか言われたり……」

リチャードはとにかくアリサを信じきっている。リチャードの取り巻きもだ。そこが心配だった。

「捏造とは言えないように、魔法で証言を集めている」

「え、魔法で……どうやってですか？」

ディアナが尋ねると、ユリアスはニヤリと笑い、机の上にあった箱を手に取った。宝石箱のような形で、ティッシュ箱より少し大きいサイズだ。ユリアスは蓋を開けると、何か操作した。すると、宙に映像が現れる。

映像の中では一人の教師がディアナについて語っていた。つまり、このように証言は録画されているのだろう。

「こんな便利な魔導具が開発されていたなんて知らなかったです！」

いろんな魔導具を兄と一緒に開発していたが、録画や録音できる魔導具にはまだ挑戦していない。

「これは世に出てないからね」

「もしかして、先生が開発されたものなんですか？」

「私には魔導騎士団に伝手《つて》があってね。発明したのは団長だ」

魔導騎士団の団長！

確か国王の弟であるエージュ公爵だ。ディアナは彼にはまだ会ったことがなかった。トリスタンみたいに舞踏会が嫌いだそうで、美男子だという噂を聞いたことがあるくらいだ。

「魔導具の発明もされるなんて知りませんでした。先生は団長様とお会いしたことあるんですか？」

「……ああ。まあ、一応……知り合いだ」

「もしこの件が上手く片づいたら……一度だけでいいから団長様とお会いしてみたいです。あ、変な下心はないですよ。ただ魔導具についてお話を聞いてみたくて……」

婚約破棄されたから、次の婚約者候補を見つけようと狙っているなどと誤解されたら大変なので、そこのところは強調してみた。

「ああ、魔導具ね。そうか。リール侯爵家は魔導具を製作していたね。君も興味あるのか？」

「えーと……はい。家業ですから」

ディアナはごまかし笑いをした。表向きには関わっていないことになっているからだ。

「じゃあ、今度紹介しよう」

「ありがとうございます！」

細かい技術について教えてもらえなくても、これからの魔導具開発のヒントになることが聞けるかもしれない。何より魔導具について話すのは大好きだった。

「君は本当に魔導具が好きなんだね」

「はい！　それで、その魔導具はどうやって使うんですか？」

「ちょうど別の証言を取りにいくから、一緒に行こう。実際に使っているところを見るといい」

ユリアスが席を立ったので、ディアナは彼についていった。

この棟の最上階の端にある学園長室――そこに着いたとき、ディアナは驚いた。だって、まさか学園長が何を証言するというのだろう。いや、ディアナが学園長と面識がなくても、リチャードはあるはずだ。何しろ王子なのだから。

ユリアスがノックすると、女性の秘書が扉を開けてくれた。

あらかじめユリアスは学園長にここへ来ることを伝えていたのだろう。学園長はたっぷりとした白い髭《ひげ》をたくわえ、ローブを身にまとっている初老の男性だ。彼はくっついてきたディアナを見て戸惑うような素振りを見せたものの、ユリアスのことは笑顔で迎えた。

学園長室には初めて入ったが、ユリアスの部屋より広く、スッキリとしている。大きな執務机が置かれていて、その両脇には鉢植えの植物があった。机の前には応接セットがあり、学園長はユリアスとディアナにソファを勧めてくる。

ディアナはユリアスの隣に腰かけた。テーブルを挟んで、学園長が腰を下ろす。

「今日はお忙しいところをすみません。早速ですが、頼んでいた件についてお話しいただけますか？」

「ああ。大丈夫だ」

ユリアスは早速、例の魔導具の蓋を開き、中にあるボタンを操作して、それを学園長に向かって掲げた。すると、蓋の裏側にパソコンの画面みたいに学園長の上半身が映る。

「では、お話をどうぞ」

学園長は頷き、咳払《せきばら》いをすると、魔導具に向かって話し始めた。

どうやら学園長はディアナが思っていたより、校内のトラブルが起きないように気を配っていたらしく、変身魔法を使って生徒に交じり、情報収集していたようだ。

それを聞いて、ディアナは唖然《あぜん》とした。まさか学園長がそんなスパイみたいなことをしているとは思わなかったからだ。しかし、だからこそ、学園長はディアナの噂を嘘だと言い切った。特にテストの不正については、そういったことができないように魔法が施されているという。

嫌がらせの件も、校内に仕掛けた魔導具によって証拠があると言ってくれた。

学園長は証言を続ける。

「本当はそのことを生徒全員に知らせるべきだったのですが、リチャード王子があまりにもフォート伯爵令嬢に肩入れされていたため、在学中に無闇に事を荒立てるのも……と思ったもので……」

急に学園長の歯切れが悪くなる。いくら学園では身分の上下はないという建前があったとしても、王子となれば気を遣うものだ。卒業してくれれば、それで済むと思ったとしても責められない。

「しかし、まさか卒業パーティーであんなことが起こるとは予想もしていませんでした。たまたま私はその場におらず、止めることもできませんでしたが、もし今後似たような事例が学園内で起これば、ただちに対処します」

以上が学園長の証言だった。

魔導具での録画を止めると、学園長は改めてディアナに謝罪をしてくれた。

「そんな……。わざわざ謝ってくださらなくても。学園長先生のせいではありませんし、殿下に口出しづらい状況だったのは理解できます。それに、今回こうして勇気を出して証言をしてくださったのだし、本当に感謝しています」

「いや、私は学園長として自分のやるべきことを怠った。そのせいで、令嬢が辱めを受ける羽目になった。だから、せめてもの罪滅ぼしとして証言をしたんだ。恐らく他の教師の証言も、私と同じ気持ちからだと思う」

ああ、そうだったのか……。

先生方の証言がたくさん集まっていたのは、そうした理由からだったのだ。

「それでも、証言をしてくださった皆様とその証言を集めてくださったエヴェンバーグ先生には感謝しかありません」

本当にありがたいことだ。よくお礼を言ってから学園長室を出て、ディアナはユリアスに尋ねた。

「ところで、校内に仕掛けた魔導具というのは、どういうものなんですか？」

ユリアスはふっと笑った。

「やはりめずらしい魔導具には興味があるようだね」

「あ……すみません。先生はわたしのためにいろいろしてくださっていたのに」

魔導具だけに興味があるように思われてしまい、ディアナは頬を赤らめた。すると、ユリアスはそんなディアナをちらりと見て、くすりと笑う。

「いや、いいんだよ。学園長もおっしゃったとおり、あの噂を放っておいたことが君の悲劇に繋《つな》がったわけだから、今は当然のことをしているだけなんだ。……で、その魔導具も見てみたいかい？」

「はい！」

思わず元気よく答えてしまった。ユリアスはまた笑う。

「それも魔導騎士団の団長様が開発されたのですか？」

「ああ、そうだね。きっと彼と君は気が合うだろうな」

二人はユリアスの研究室に戻った。

彼は机の引き出しから、小さな黒い箱を取り出した。それは掌《てのひら》の上に載るサイズのものだ。

「これは証言を集めたさっきの魔導具を小型にして、長時間、作動できるようになっている。これを校舎内の目立たないところにあちこち取りつけて、生徒の様子を記録していたんだ」

つまり監視カメラみたいなものだ。

ディアナはそれを手に取り、引っくり返してみた。レンズのようなものはついているが、作動させるスイッチがどこにも見当たらなかったからだ。

「これは魔法で動くようになっているんだよ。目立たない場所に隠して取りつけていたけど、万が一にでも悪用されるのはよくない。魔法の使い方を知らなければ、中に記録されたものを見ることはできないから……」

彼はそう言いながら、映像を記録する装置に向かって、その小さな箱を掲げた。すると、何もない空間に映像が映し出される。それは教室全体を天井近くから撮ったものだった。よく見ると、ディアナのクラスの教室で、ただの授業風景だった。

「こんなふうに長時間の記録がされているから、今は問題の箇所だけを抜き出して国王に見てもらうような作業をしているところだ」

映像の編集作業をしているということだろう。どうやって編集するのかと思ったが、それも魔法を使っているのかもしれない。

前世での世界でも、監視カメラの長時間の映像をチェックするのはかなり大変だろう。それをやってくれた上、編集までしてディアナの冤罪《えんざい》を晴らそうしてくれるユリアスには頭が上がらない。ディアナは胸がいっぱいになっていた。

「先生……。わたしは知らなかったけれど、今までこんな大変なことをしてくれていたんですね」

「記録を調べるのは、学園長も手伝ってくれたよ。学園長もおっしゃっていたけど、私も結局は事態を放置していたし、卒業パーティーでの暴挙も止められなかった。だから、これは罪滅ぼしなんだ」

「それでも、やっぱり感謝しかありません。わたしなんかただの一生徒に過ぎないのに……」

ユリアスは映像を止めると、ディアナに笑顔を向けた。

「それは君が信頼に足る真面目な生徒だったからだよ。成績がいいだけじゃない。君は私の頼みも気軽に引き受けてくれたし、面倒な手伝いにも嫌な顔ひとつしなかった。侯爵令嬢という高い身分にもかかわらず、決して気取ることない。困っている下級生に声をかけたり、貴族に馬鹿にされていた庶民の女の子を庇っていたのを見たことがある。君は本当に優しい人だ。それなのに、理不尽な扱いをされたんだ。なんとかしてあげたいと思うのは当然じゃないか」

彼はディアナについて熱く語った。

そんなに褒められるとは思わず、ディアナは頬が熱くなり、思わず頬に両手を当てる。

「わたし……そんなに優しくないですよ。ごく普通ですから……」

「いや、この学園での貴族の振る舞いを見ていたら、普通なところがすごいんだ。君だって、さんざん見てきただろう?」

この学園では身分の上下はない。等しく魔法を学べる場所だ。それは理念として語られていたが、ただの建前に過ぎなかった。実際には学園内ではいろんなことが起こっていた。魔力が強いとか弱いとか、そういったことでの諍《いさか》いもあったが、それ以上に身分の差で起こるトラブルが多かったように思う。同じ貴族であっても、大人の世界での力の差が学園内でも出てくるのだ。

だから……リチャード王子とその取り巻きには誰も逆らえなかった。学園長でさえ、注意するのが躊躇《ためら》われるくらいに。

「私は君をなんとかして助けたいんだ。そのためには、証拠と証言を集めて、国王陛下に君の無実をはっきりと認めてもらうしかない」

彼はリチャードではなく、国王に直訴するつもりなのだ。

「……陛下は認めてくださるでしょうか。もしかしてリチャード王子の味方をするのでは……？」

国王は立派な方だとは知っている。それでも、息子は可愛いだろう。ディアナにも優しくしてくれたものだが、リチャードに嫌われてしまったのだから、どうなるのか正直分からない。

「陛下は公平な方だから大丈夫」

彼がそう言い切れるのは何故なのだろう。

学園長が味方だからだろうか。それとも、王弟である魔導騎士団長と知り合いだからなのか。そうでなければ、一介の教師であるユリアスが一人で国王に謁見《えっけん》を願っても、受け入れてくれることもないと思うのだ。

そうだ。もしユリアスが国王に謁見できなかったら、父から証拠を渡してもらおう。

そうすれば、わたしの冤罪は晴れる……はず。

百パーセントの自信はなかったが、証拠も証言もないよりはきっとマシだ。

「わたしも証言集めをします。先生方だけでなく、生徒の証言もあったほうがいいから。その……証言してもらえるかどうか分からないけど」

よくない噂があったのと、リチャードと取り巻きにあからさまに嫌われていたから、ディアナと親しくしてくれる生徒はいなかった。それでも、少しは話をしてくれる生徒もいたのだ。

「じゃあ、予備の魔導具を貸そう」

ユリアスは魔導具の使い方を教えてくれた。

「先生に向けて練習してみていいですか？」

「どうぞ」

ディアナはソファに座るユリアスに魔導具を向けて、スイッチを押した。

すると、ユリアスがふっと微笑んだ。彼の瞳が蕩けるようにディアナを見つめる。いや、彼はディアナではなく魔導具のほうを見ただけだ。

そう思いつつも、少しだけときめいてしまった。

在学中からユリアスには好意を抱いていたものの、それは間違いなく教師に対する尊敬の気持ちだった。だから、今のはきっと気のせいだろう。

彼は微笑みながら言った。

「君は本当にいい生徒だった。この件が片づいたら、私とはもう会うことはないだろうけど、幸せを祈っているよ」

もう会うことはない……か。

そう言われるとなんだか淋しい気分になってきたが、教師と生徒という間柄だったのだ。学園を卒業したら、普通は同窓会みたいなものがない限り、顔を合わせることはない。それが当然なのだ。

とにかくユリアスはそんな薄い関係であっても、ディアナのために奔走してくれている。わざわざ家まで訪問して、元気づけてくれた。本当にありがたい。きっとこれからも、彼は生徒のために心を砕いてくれる教師でいるのだろう。

ディアナは録画を止めて、それを再生してみる。ユリアスの映像が再び同じセリフを口にする。

「大丈夫そうですね。じゃあ、少しお借りして、証言を集めにいってきます」

ディアナは元気よく宣言した。

いい先生に出会えてよかった。それがこの学園で最大の収穫だったかもしれない。

その後、ディアナは数人の生徒の証言を集めるのに成功した。

だが、教師達の力強い証言に比べると、弱々しいものだった。しかも、顔は映さないでほしいと言われた。とはいえ、王族に歯向かうことを考えたら、弱気になるのは仕方がない。むしろ証言してくれるだけありがたかった。

彼らはディアナが不正や嫌がらせをするような人間ではないし、そんなところを目撃したこともない、と。ただの噂が一人歩きしているような印象だったという。

ディアナはユリアスに証言を記録した魔導具を返しにいった。彼はまだ監視カメラの映像の編集を続けていた。大変そうだったので、手伝いを申し出たのだが、断られてしまった。

だが、ユリアスがディアナのために尽力してくれていることは確かだ。ディアナは彼に感謝して、王都で有名な店のクッキーを差し入れた。

「ありがとう。もう少ししたら時間ができるから、魔導騎士団の団長に君のことを話しておくよ」

「あ……そのうちでいいですから」

正式に身分剥奪の件が撤回され、無事に婚約解消の発表がされるまで気持ちが落ち着かない。

ゲームとはまったく展開が違うし、周りの反応も違うのだから大丈夫……とは思うが、確定するまでは何が起こるか分からない。

ディアナは屋敷の中にじっとしていると落ち込んでくるだけなので、王都に出かけることにした。

といっても、ディアナの姿のままでは、いろいろと差し障りがある。こそこそと陰口を叩《たた》かれるのは絶対に嫌だ。

なので、ディアナは変身魔法を使って、マダム・リリアになった。そして、自分がオーナーの服飾店に出向く。

マダム・リリアはディアナの実年齢より年上だ。二十五歳くらいということになっている。金髪に青い瞳を持つリリアは、すらりとしたスタイルの上品な婦人といったイメージなのだ。

服飾店は貴族や裕福な女性を相手に商売している人気店だ。最初は細々と営んでいたのだが、母や親戚が顧客となり、社交界にマダム・リリアのドレスを披露してくれた。結果、大流行となったのだ。

今や王宮にも呼ばれ、王妃のドレスも任されている。家族だけはリリアがディアナだと知っているが、王妃は知らずに依頼してくれているので、自分の才能を認めてもらったようで嬉しかった。

なので、ディアナは身分剥奪されたら、マダム・リリアとして生きるつもりだった。だが、これから先ずっと本当の姿を隠して生きるのはつらいだろう。できることなら、やはりディアナはディアナとして生きていきたいのだ。

ああ、もう考えれば考えるほど嫌になってくる！

店は今日も繁盛している。何もかも忘れたいディアナは仕事に没頭することにした。リリアは店のオーナーでデザイナーであるのに、いつもは敏腕マネージャーをはじめ、多くの従業員のおかげで、そんなに頻繁に店の表に出ることはなかった。というのも、今まで学園で勉強していたからだ。しかし、今は卒業したことだし、時間も有り余っている。

前世では服は既製服を買いにいくものと決まっていたが、この世界では違う。オーダーメイドが基本だ。庶民は自分の家で作ったり、古着を買う。だから、リリアの店に来る客は上流階級か、中産階級でも富裕層に限られていた。いずれは庶民にも少し無理すれば買えるくらいの既製服を作れたらとは思っているが、今のところ安価で販売できるほどの大量生産の体制はできていなかった。

しかし、トリスタンのおかげでミシンの製造には成功しているから、これからはミシンを使って世の中に貢献したいと思っている。ディアナは前世の知識を使い、侯爵家の事業を上手くいくようにしているものの、やはりこの世界をもっと便利なものにしたかった。転生した意義と言ったらオーバーだが、無事にリチャードとの一件が片づいたら、そういったことを考えていくつもりだ。

今は、どんなドレスも手縫いで仕立ててある。だから、この店では外注も含めてお針子をたくさん抱えていた。マダム・リリアの店は流行のデザインで有名だが、それ以上に仕立てのスピードが速いことも顧客がつく理由だった。

店もかなり広い。最初に出した店はこんなに広くはなかったのだが、次々に客が来店してきて、対応しきれなくなったから、改めて一等地に広い店を出したのだ。何しろ訪れる客は身分の高い女性、そして裕福な女性ばかりなので、内装も高級に見えるように気を配った。

客には薄いカーテンで仕切ったソファに座ってもらって、お茶やお菓子も出し、ゆっくりと布地やデザインなどを決めるのだ。そういったスペースの他に、ドレスの試作品や帽子、日傘や扇子など、細々としたものも展示してある。客はドレスを作るだけでなく、小物を買うためにも来てくれるので、店内は賑やかで混んでいた。

午前中、ディアナは我儘な客に振り回されて、疲労困憊《ひろうこんぱい》していたが、午後からはまた元気に接客を始めた。そんなとき、二人連れの客が店の中に入ってきたのが目に入る。

「いらっしゃいませ」

ディアナは声をかけた。

一人はゆっくりと歩く老婦人で、傍らの若い男性が彼女をエスコートしている。ディアナははっと目を見開いた。

女性のほうには見覚えがないが、男性のほうは見かけたことがある。

あの卒業パーティーから帰るときにぶつかりそうになった人だ。黒髪で藍色の瞳の素敵な人。確か魔導騎士団の制服を身に着けていた。

まさか、こんなところで会えるなんて……！

彼はディアナを見て、はっとしたような表情になった。しかし、すぐに微笑みかけてくる。

一瞬、変身魔法が見破られたかと思ったが、そんなことはないはずだ。それに、ぶつかりそうになっただけの相手のことをいちいち覚えていないだろう。

「何かお探しですか？」

ディアナはにこやかに話しかけた。

「祖母にドレスをプレゼントしたいんだ。ここは王都で評判の店だと聞いたから。初めてで予約はしていないが、大丈夫かな？」

老婦人は彼の祖母なのだ。若い男性が祖母にドレスをプレゼントするなんて、その考えがとても微笑ましく思えた。

「もちろんです。こちらにどうぞ」

空いているソファを彼らに勧めた。すると、彼は祖母を労《いた》わりながら一緒に腰を下ろす。

ディアナはテーブルを挟んで、彼らに笑顔を向けた。従業員がすぐにお茶とお菓子を運んできて、テーブルの上に置いていく。

「初めてのお客様ですね。お名前をお伺いしてもよろしいでしょうか？」

老婦人は上品そうな笑みを浮かべ、マイヤー伯爵夫人と名乗った。それを聞いた途端、ディアナは男性の正体に気づく。

「では、もしかして、こちらの方はエージュ公爵様ですか？」

エージュ公爵は、ディアナが会いたかった魔導騎士団の団長で、現国王の弟にあたる。彼の母親である先王の妃はすでに亡くなっているが、かつてマイヤー伯爵令嬢だったのだ。

「ああ、そうだ。支払いの請求書は私宛に頼む。……さあ、お祖母様《ばあさま》、遠慮せずに好きなデザインのドレスを誂《あつら》えていいんだよ」

彼は祖母に優しい声で話しかけ、ディアナが広げたデザイン帳を手元に引き寄せる。

「ありがとう。でも、わたしはもうそんなに社交界に出ることもないし……」

「お祖母様はまだ若いじゃないか。お祖父様《じいさま》が屋敷に引きこもっているからって、付き合わなくてもいいんだよ。もっと外に出て、人生を楽しんでほしいんだ」

「そうね……。わたしみたいな年齢でも似合いそうなドレス、あるかしら？」

彼女はデザイン帳を覗き込む。

「まあ、どれも綺麗ねえ」

「ありがとうございます。デザイン帳は見本なので、お客様のお好きなようにデザインを変えられますよ。たとえば……このドレスのフリルのボリュームを押さえて……こんな感じにもできますし」

ディアナは自分の画帳にさっとドレスの絵を描いた。

「あら、素敵！」

老婦人は少女のように喜び、小さく手を叩いた。

「ねえ、アレク。どうかしら？　わたしにも似合うかしらね」

「似合うと思うよ。これなんかもいいいじゃないかな」

エージュ公爵の名はアレクシス・ジョージ・ブルームス・ネスラル・エージュ。年齢は二十八歳。

ディアナはお妃教育を受けたときに、すべての貴族のフルネームと家系図を覚えさせられたのだ。

でも、身内にはアレクって呼ばれているのね。

ディアナは改めて彼に視線を向けた。最初に会ったときのように、やはり誰かに似ている気がしてならない。

王宮にもよく出向いていたので、そこで彼とすれ違ったことがあったのかもしれない。

でも、よく知っている誰かみたい……。

ディアナははっと思い出した。ユリアスになんとなく似ているのだ。顔形というより、雰囲気とか仕草とか笑い方とか。

そういえば、ユリアスは彼と知り合いだと言っていた。もしかしたら、実は血縁関係にあるのだろうか。貴族は母親違いの兄弟などざらにいて、非嫡出子の場合、平民として育つこともあるそうだ。

ユリアスに似ていると思うと、急に親近感が湧いてくる。

いや、そんなことより仕事に集中しなくては。

老婦人は最初こそ気が乗らない様子だったが、今は積極的にデザイン帳を見て、アレクシスと話している。やがてデザインと布地を決めてもらい、合計五着のドレスの注文を承った。

採寸をしてから、仮縫いのスケジュールを決めると、二人は席を立つ。ディアナは店の外まで二人を見送ることにした。

「本日はありがとうございました」

上客だということより、個人的にディアナが二人を気に入ってしまったからだ。マイヤー伯爵夫人は上品で可愛らしい老婦人だし、アレクシスは……。

彼はその整った顔に笑みを浮かべた。藍色の瞳が向けられると、ディアナの胸はドキンとする。

ほぼ初対面の男性に、どうして自分がときめいているのかよく分からなかった。容姿端麗な男性なんて、学園に何人もいたというのに。

でも、こんなに綺麗な藍色の瞳の人はいなかったわ。それに、こんなに暖かい眼差しの人も。

ディアナは仕事中に浮ついた気持ちでいる自分を不思議に思った。それだけ彼が特別な人だということだろうか。

そういえば、彼は新しい魔導具を発明する尊敬すべき人だ。言わば憧れの人。だから、妙な気持ちになってしまうのかもしれない。

アレクシスはディアナに向かって言った。

「仮縫いの日には、私もまた寄らせてもらうよ」

また彼と会えるのだ。ディアナの胸は再びときめいた。

もちろんリリアの姿では魔導具の話もできないし、あくまでデザイナーと客の関係でしかないのだが。

「お二人とも、お待ちしております」

ディアナは店の扉を開けて、彼らを見送った。離れた場所に停めてあった馬車がやってきて、店の前に停まる。エージュ公爵家の紋章がついている立派な馬車だ。二人はその馬車に乗り込んで、ディアナの前から去っていく。

その馬車が小さくなっていくのを、ディアナは少しの間、見つめていた。

# 第三章　アレクシスとのデート

しばらくマダム・リリアの店に通っていたディアナだったが、ふと思いついて、店の三階で暮らしてみることにした。

というのは、この三階部分は店をオープンする前に、自分の隠れ家として改装していたからだ。万が一、身分剥奪されて侯爵邸を追い出されたときに、すぐに生活できる場がないと困ると考えていたのだ。

今はいきなり追い出されるなんてことはないようだが、せっかくだから、少しの間、一人暮らしをしてみるのも悪くないと思った。

掃除は時々してもらっていたから、当座の荷物を持ち込むだけでいい。侯爵邸ではいつもメイドに身の回りの世話をしてもらっているので、本当の一人暮らしは初めてだ。とはいえ、前世の記憶があるから、なんとか一人でやれるはずだ。

幸い、侯爵邸と同じように、この建物は冷暖房完備で温水も出る。冷蔵庫や洗濯機といったものもあるから、快適な生活が送れるようになっていた。

まあ、一人じゃ無理だと思ったら、メイドを雇うけれど……。

とはいえ、店の中はともかくとして、隠れ家では変身魔法を解いて、ゆっくり寛《くつろ》ぎたい。メイドがいるほうが、いろいろ面倒だ。

建物の二階は、従業員の寛ぐスペースやお針子の作業室となっている。二階から三階へ上る階段には扉をつけていて、ディアナ以外は鍵を持たない。だから、三階は完全なプライベートな空間となっていた。

小ぢんまりした居間の中央にはラグを敷き、小さなソファとテーブルを置いている。来客なんて予定していないから、自分一人が使うためのものだ。ただし、寝室のベッドはゆったり寝られるように、大きなものにしていた。

書斎には立派な机と本棚がある。隠れ家で暮らすのは初めてだが、ここでよく事務仕事をしていた。そして、洋裁部屋。ミシンと大きな作業机が置いてある。自分用のドレスや試作品を作るためのものだ。

わたしだけの空間。これぞ本当の隠れ家ね。

ディアナは改めてここで暮らすことに満足していた。

侯爵邸を出るとき、両親と手紙のやり取りをすることを約束させられた。もちろんディアナもずっと隠れ家住まいをするつもりはないのだが、両親としては心配なのだろう。

ここには食事を作る調理場もある。風呂も洗面所もあるから、一人暮らし用のマンションみたいなものだろうか。ディアナは簡単なサラダを作り、昨日購入したパンとコーヒーで朝食を摂った。

そして後片付けと簡単な掃除を済ませた後、念入りに身支度する。

変身魔法を使うとはいえ、変わるのは姿かたちだけだ。ドレスや髪型は自前でなんとかしなくてはならない。二十五歳の人気デザイナーにふさわしい身なりをして、変身魔法を施すと、ディアナは鏡に向かって笑いかけた。

自分ではディアナの面影が見てとれる。変身魔法を使っても、どうしても元の顔の名残があるのだ。身内やよく知っている相手なら、その面影を思い出すことができるだろう。とはいえ、やはりマダム・リリアがディアナだと見抜かれたことはない。

攻撃魔法のように瞬間的に大きな魔力を放出することは苦手だけれど、長時間、小さな魔力で維持するのは何故か得意なのだ。我ながら不思議な力だ。悪役令嬢には不似合いとしか思えない。顔だけなら、攻撃魔法が得意そうに見えるのに。

しかし、そのおかげで、アリサを虐《いじ》めたといっても、危険な魔法を彼女に放ったという疑いだけはかけられなかった。そんなことはできないと、同じ学年の生徒なら誰でも知っているからだ。

ディアナはまた卒業パーティーでの出来事を思い出しそうになり、慌てて頭を振った。

証拠も証言も集めたユリアスは、監視カメラの映像の編集を終えて、国王に謁見を申し込んだのだろうか。まだその情報は侯爵邸には入ってきていない。ディアナの無実が晴れたら、恐らくユリアスから手紙が来るか、王宮からの手紙で分かるはずだが。

いずれにしても、今のディアナにできることは何もない。

ディアナは気持ちを切り替えて、店のほうに下りていった。

閉店時間はおおよそ午後六時に設定している。が、予約がある場合や客がまだいる場合はまだ閉店はしない。

午前中はそれなりだったが、午後になると店が混んできて、ディアナも従業員も忙しかった。五時になり、少し客がまばらになっていたとき、扉が開いて新たな客がやってきた。

ディアナは店内に入ってきた二人連れに笑顔を向けて、声をかけようとしてギョッとする。

ええっ、嘘でしょ！

入ってきたのは、リチャードとアリサだ。もちろんこの店の顧客というわけではない。学園に通っていた頃も顧客名簿にはいつも目を通していた。偽名を使っていたら分からないが、彼らにそんなことをする理由があるとも思えない。

それにしても、王子とその恋人がふらりと服飾店を訪れるとは思わなかった。いくら人気の店だとはいえ、お付きの人もいない。まだ学生感覚が抜けなくて、お忍びでデートを楽しんでいるつもりなのだろう。

もう卒業したんだから、王子と貴族の令嬢として振る舞えばいいのに。

彼の母親である王妃は、リリアを王宮に呼ぶ。自ら来店したりしない。王族だから呼びつけているのではなく、他の客に配慮してのことだ。いくらお忍びだとはいえ、上流階級の女性が集まる場所なのだから、当然顔が知られている。

でも、リチャードとアリサはそこまで顔を知られているわけじゃないかもしれない。今日の二人の格好はそこまで煌びやかというわけではないし、他の客が気づいた様子はなかった。

ディアナが声をかける前に、手が空いていた従業員がにこやかに彼らに声をかけた。

「いらっしゃいませ」

従業員もすぐに二人が顧客でないと見抜き、店内の案内をする。

「こちらにはドレスの見本、そちらには帽子や小物類が置いてあります。どうぞごゆっくりご覧になってください」

リチャードはアリサの肩に手を回し、尊大な態度で従業員の顔をしげしげと見つめる。

「おまえがマダム・リリアか？」

「いえ、わたくしは従業員でございます」

「それなら、この店の主人のマダム・リリアを呼べ。ドレスの注文をしにきたんだ。早くしろ」

上流階級の人間がたくさん出入りする店だから、この手の横柄な物言いをする客はよくいる。従業員も慣れてはいるが、嬉しいわけでもないだろう。顔だけは笑みを浮かべているが。

ディアナは自分から進み出た。

「わたくしがこの店の主人です。ドレスのオーダーでしたら、こちらで伺います」

ディアナは二人をソファに案内した。

リチャードはどっかりとソファに座り、アリサはそんなリチャードにベッタリくっついて、腕を絡めている。今のディアナはマダム・リリアなのだが、元婚約者が恋人といちゃついているのを間近で見て、複雑な心境になってしまう。

だけど、彼らにはわたしがディアナだなんて分からないんだから……。

ディアナは気を取り直して、二人に名前を尋ねた。すると、アリサが馬鹿にしたように笑い出す。

「まあ、この国の王子なのに、顔も知らないの？　やっぱり貴族じゃない人には分からないのよね」

アリサの甲高い声は店内に響いた。一瞬にして、しんとなる。王族が同じ店内にいると分かれば、緊張もするだろうし、聞き耳だって立てたくなるだろう。

庶民とまではいかずとも、上流貴族らしい雰囲気の格好ではなかったから、てっきりお忍びデートだと思っていたが、どうもそうではなかったらしい。リチャードもアリサに合わせて嘲笑してくる。

「私は第一王子だ。名前くらい知っているだろう？」

「……リチャード王子殿下ですね。わたくしの店にお越しくださり、光栄に思います」

本心では早く帰ってほしいと思っているのだが、立場上、そんなふうに言うしかない。リチャードはふんぞり返ったまま、満足そうに笑みを浮かべる。

「こちらはフォート伯爵令嬢だ。彼女は私の婚約者だから、婚約者にふさわしいドレスを誂《あつら》える」

アリサとの婚約はまだ決まっていないと思っていたのだが、そうではないのだろうか。それとも、彼が勝手に婚約者だと決めているだけなのかもしれない。

どのみち、わたしには関係ないことだけれど。

しかし、彼らのせいで、無実の罪に問われているのだ。そう思うと、やはり普通の客と同じように接するのは難しかった。つい笑顔も引きつってしまう。

「マダム・リリアのお店は、リール侯爵令嬢のドレスを作っていたでしょう？」

ディアナはアリサに自分の名前を出されて、ドキッとした。一瞬、リリアの正体を見破られたかと思ったのだ。

「はい、わたくし共の店の大切なお客様です」

アリサとふふっと笑った。

「もう彼女はここには来られないわよ。貴族じゃなくなったんだもの」

彼女はわざとなのか、声を張り上げてそう言う。卒業パーティーでディアナがあんな目に遭ったことは、すでに社交界では噂になっているだろうが、この店で改めてそう言われると、もっと話が広がってしまうだろう。

彼女はわざとわたしの評判を落とそうとしているの？

そういえば、リチャードもアリサのことを婚約者だと言った。ディアナがリチャードの婚約者だったのは、上流階級の人間ならみんな知っていたことだ。

リチャード自らそう言ったのを、ここの店にいる人達は聞いている。つまり、あの卒業パーティーの噂は本当のことなのだと、みんな思うだろう。

ディアナは溜息をつきたくなったが、まさか客の前でそんなことはできない。

今のわたしはマダム・リリアなんだから。

「この店には貴族でない方もたくさんいらしてくださっています」

爵位はなくとも裕福なら、この店のドレスが買える。特に身分で差別することはなかった。

「あら、客は選んだほうがいいわよ。そうすれば、リチャードがこの店でたくさんドレスを誂えてくれるわ。そのほうがいいでしょ」

アリサはこんな嫌味《いやみ》な言い方をする人だったろうか。学園ではもっと可愛らしく、おとなしかったような気がする。もしかしたら、学園では猫をかぶっていたのか。けれども、リチャードがこれだけ尊大になっているのだから、恋人のアリサが高飛車になっていて、ちょうど釣り合う気がする。

アリサの話はまだ続く。

「リチャードはこれから立太子するの。そうなったら、わたしは王太子妃。将来の王妃よ。さあ、分かったら、こんなデザイン帳の中から選ばせるんじゃなくて、わたしにふさわしいデザインのドレスを一から作ってちょうだい。みんながわたしの真似をしたくなるような舞踏会用のドレスを作るのよ」

今まで現王妃にさえ、そんなふうに要求されたことはない。とはいえ、ディアナは王妃にはいつも特別なドレスをデザインしてきた。王妃はそれだけの予算を提示してくれたし、何よりディアナ自身、彼女のことが好きだからだ。

いくら仕事とはいえ、ディアナはアリサのドレスに新しいデザインを考えたくなかった。頭では二人の言うことを聞いたほうがいいことは分かっている。けれども、心が拒絶してしまうのだ。

ああ、今からでも気が変わって、よその店に行ってくれないかしら。

無理だと思いつつ、ディアナは営業スマイルを浮かべた。

「承知しました。将来の王妃様にふさわしいドレスをお作りします。どういったドレスがお好みか、伺ってもよろしいですか？」

アリサはニヤリと笑った。

「うんと豪華なドレスよ。高価な宝石を全体にちりばめて、キラキラ光るようにしてほしいわ」

「……宝石を全体にちりばめますと、ドレスは重くなってしまいますが……」

小さな宝石であっても、ちりばめてキラキラさせると、かなりの数のものをつけなくてはならない。高価すぎてドレスを管理するのも大変そうだ。

「アクセントとしてドレスの一部につけるのはいかがでしょうか。たとえば、こんなふうに……」

ディアナは画帳にデザインの案を描いてみせる。だが、それを見るでもなく、アリサは居丈高に言った。

「わたしは宝石をちりばめてと言ったのよ。お客の言うことが聞けないの？」

「いえ、重くても大丈夫でしたら、そのように致します。かなりの金額がかかると思いますが、ご予算は……？」

ドレスの値段は知れているが、宝石を使うとなれば別だ。それに、どんな宝石を使うかによって、かなりの幅がある。リチャードがお金を払うにしても、彼も潤沢な資金を持っているというわけではない。王室の人間であっても、自由に使えるお金の額は決まっている。

ましてアリサはまだ結婚していない。婚約者に贈るドレスに、国の予算が割かれるはずがないのだ。

リチャードはディアナを馬鹿にしたように見て、嘲笑《あざわら》った。

「私は王子だと言っただろう？　予算に上限はない。彼女には最高級のドレスを誂えたい」

予算に上限がないなんて嘘だ！

と思ったが、まさかそんなことは言えない。後で王妃に確認をしたほうがいいかもしれない。誂えた後、請求金額が払ってもらえないとなったら大打撃だ。いっそ、この場でユリアスの魔導具でリチャードの発言を録音しておきたいくらいだ。

ディアナは少しうつむき、表情を隠しながら、顧客データとなる書類にデザインの好みや予算について書き込んだ。

それにしても、アリサと会う以前は、こんな愚かなことを口にする人じゃなかったはずなのに。

「宝石をちりばめた豪華な舞踏会用のドレスということですね。では、特別なデザイン案をいくつか考えますので、しばらくお時間をいただきます。ご連絡はリチャード王子殿下のほうに差し上げてもよろしいでしょうか？」

「ああ。頼む。ドレスの出来がよければ、引き続きこの店を使ってやるから、心して作るように」

「かしこまりました」

「王室御用達《ごようたし》になったら、箔《はく》がつくものね」

アリサはまたこちらを馬鹿にしたような嫌味な言い方をした。

もうすでに王妃に誂えていただいているのだが、彼女は知らないのだろうか。知らないから、こんな偉そうに言えるのだろう。

リチャードが誰と結婚しても関係ないと思っていたが、こんな人が将来の王妃だなんて想像もしたくない。結婚式用でもなく、たかが舞踏会用のドレスに宝石をちりばめたりして、本当にこの国は大丈夫なのだろうか。

アリサは先ほど従業員が出していた紅茶とケーキをちらりと見ると、ふんと鼻で笑った。

「わたし達にこの程度のケーキを出すなんてね。実は歓迎されていないのかしら」

「えっ、そんなことは……。このケーキは王都で有名なケーキ店のもので、ドレスを誂えてくださるお客様には、どなたにも同じものをお出ししています」

「それがダメなのよ。わたし達は将来の国王と王妃なのよ。みんなと同じケーキを出すなんて、気遣いがないわね」

ディアナは内心うんざりしてきた。が、それを顔に出すわけにはいかないのだ。

「申し訳ありません。前もって来店をお知らせいただけたら、最高級のケーキをご用意いたします」

自分でも馬鹿馬鹿しいと思いつつも頭を下げる。

「最高級のケーキと言ったところで、どうせ王宮のシェフが作るものとは違うでしょうけど。まあ、仕方がないわね」

アリサはケーキをフォークですくうと、なんとリチャードの口に運んだ。リチャードはそれをパクリと食べる。二人は目を見合わせて、クスクスと笑った。

なんなの、一体……。

ディアナは自分の目の前で繰り広げられる光景に、眩暈《めまい》がしそうになった。

アリサはともかくとして、リチャードは理性というものをどこかに置き忘れてしまったらしい。いくらカーテンで周りから見えないようになっているとはいえ、初対面の他人の前でイチャイチャするなんて、どう考えてもおかしい。

ディアナはコホンと咳払いをした。

「ドレス一着のみのご注文でよろしいでしょうか？」

リチャードはアリサの顔を見た。アリサはにっこり笑って頷く。

「まずは一着ね。でも、小物も見たいの。いいでしょう？」

アリサの甘えた声に、リチャードは笑顔で応える。

「いいに決まっている。アリサが気に入ったものは、なんでも買うといい」

「小物類はあちらになります。どうぞごゆっくりご覧ください」

ディアナは立ち上がり、カーテンを開いた。すると、店内にいた客が二人に注目する。二人の声は妙に大きくて、きっと周囲にも聞こえていたに違いない。というより、周囲に聞こえるようにわざと言っていたように思える。

そうやって、自分達が将来の国王と王妃だとアピールしたいのか……。

ディアナにはもはや彼らが何をしたいのか分からなかった。

「まあ！　ちょっとこれ……。素敵ねえ」

アリサは小物コーナーではなく、見本として展示してあるドレスを見て、感嘆の声を上げている。

マネキンが着るそのドレスは新作で、今、同じようなデザインのものを誂える人が多い。もちろん完全に同じだと、みんながお揃《そろ》いのドレスだらけになってしまうので、基本のデザインは同じでもアレンジを加えている。

「わたし、これがいいわ！　これに宝石をちりばめるのよ！」

アリサは興奮したように言った。

「こちらは人気のもので、このデザインを基本にしたドレスを誂えたお客様はたくさんいらっしゃいます」

もしアリサが誰かとかぶるのが嫌なら、このドレスは避けたほうがいい。恐らくこれから流行するデザインだからだ。

ディアナの言葉を聞いた彼女は顔をしかめた。

「だったら、その人達にはこのドレスを作るのは遠慮してもらえないかしらね」

「えっ……」

あまりにも突拍子もないことを言われて、ディアナは言葉に詰まった。彼女の声はよく響くので、店内にいる客の耳にも入ったのだろう。店の雰囲気は一気に悪くなった。

「いいえ、すでに注文を受けておりますので……」

「マダムから断ってよ。ねえ、いいでしょう？　リチャードもそう思うわよね？」

リチャードは当然というように頷いた。

「将来の王妃がそうしたいと言っている。臣民は王族の言うことを聞くべきだろう」

何を言っているのだろう。確かに王国なのだから、貴族も平民も国王の臣下ということになる。命令は聞くべきなのは当たり前だ。だが、これは単なる我儘だ。

それに……重要なのは、今のリチャードにはそんな命令をする権限はないということだ。

今のリチャードは王太子でもないし、アリサはまだ婚約者ですらない。次の婚約者に内定したわけでもないはずだ。

「申し訳ございません。一度引き受けたご依頼を断るなど、わたくしはできかねます。店の信用に関わりますから」

それだけははっきりと伝えなくてはならない。ディアナはきっぱりとそう言い、頭を下げた。

「その代わり、必ずフォート伯爵令嬢にふさわしい新しいデザインを考えますので……」

「信じられない！」

アリサは店内に飾っておいた扇子を手に取ると、ディアナに投げつけてきた。反射的に目を瞑《つぶ》ったが、額に硬いところが当たる。

「わたしの言うことが聞けないの！」

上流階級の婦人に機嫌を損ねられ、罵倒されたことは今までもあった。身分の低い者相手だと、彼女達は我儘に振る舞うことが許されると思い込んでいるようだった。だが、売り物を投げつけてきた客はいなかった。

それどころか、マダム・リリアの店が人気店になり、王妃御用達となってからは、客のほうからこちらの機嫌を取ることも多かった。この店でドレスを誂えるということが、一種のステータスになっているからだ。

アリサが乱暴な真似をしたことで、店の中がざわざわとしてきた。それに気づいた彼女はリチャードに擦り寄った。

「こわーい。マダムが睨んでくるわ」

もちろん睨んでなんかいない。さすがに物を投げられて、笑顔ではいられないが。

「他のお客様のご迷惑になりますので、物を投げるのは遠慮していただけますか？」

できれば今すぐ出ていってほしい。けれども、さすがに王子を追い出すような真似はできない。本当は、この店でドレスを誂えるのもやめてほしいのだが。

リチャードはディアナを睨みつけてくる。

「人気店だからといって、調子に乗るな。この店なんかいつでも潰せるんだ」

店で我儘を言い、横暴に振る舞い、その上、脅しにきている。ディアナは呆《あき》れつつも、なんとか自分を抑える。

「……申し訳ありません。ですが……」

「うるさい！　反論するな！」

リチャードが詰め寄り、ディアナの手首を掴んだ。捩じり上げられそうになり、恐怖を感じる。睨みつけてくる彼の眼差しがとても怖かった。

助けて……！

そう思いつつ、誰にも助けを求められない。この店の責任者は自分だし、王子に対して不敬な真似もできなかった。

そのときだった。

聞き覚えのある声が店内に響いた。

「いい加減にしろ！」

一人の男性がディアナの手首を掴んだリチャードの腕を掴み、容赦なく強い力で捩じり上げた。

「誰だっ！」

リチャードはその男性の顔を見て、すぐに抵抗をやめ、引きつった顔になる。

「……叔父上。どうしてここに？」

そう。彼はアレクシスだった。

まさか彼が来店するとは思わなかった。彼の祖母の仮縫いはもう少し先の予定だったからだ。

「用事があったから来たまでだ。おまえはいつも王都の店でこんな振る舞いをしているのか？」

相手が王子とはいえ、今のところ叔父であるアレクシスの立場のほうが上のようだ。リチャードが国王になれば、相応の礼を尽くさなくてはならないが、今は不要ということだろう。

「い、いえ……。叔父上、私が悪いわけじゃないんですよ。この庶民がアリサの言うことを聞かないから……」

アレクシスがじろりと睨んだので、リチャードはその迫力に気圧《けお》されたのか、押し黙った。

「おまえ達が無理難題を言っていたのを聞いた。庶民だからと馬鹿にするような貴族を、陛下が何より嫌っているのは知っているだろう？」

「そ、そうだけど……」

「それから、王妃様はマダム・リリアのドレスがお気に入りだ。もし、おまえがこの店を潰そうとしたら、どう思われるだろうな」

「え、母上が？」

リチャードは自分の母親がこの店の顧客だと知り、さすがにバツの悪い顔をした。ここで傍若無人な振る舞いをしたことを、母親に知られたくないだろう。彼は王太子になるつもりではいるが、まだ決定はしていないのだ。

「マダムに謝ったほうがいい」

アレクシスは静かにそう言い、リチャードの腕を掴んでいた手を離した。リチャードは自分の腕をさすりながら、ディアナに目を向ける。アリサはリチャードに駆け寄り、彼の後ろに隠れるようにして、こちらを見ていた。

「わ、悪かった。ドレスは別の店に頼むからもういい」

小さな声で謝ったかと思うと、アリサを連れて、さっさと店を出ていった。

物足りない謝罪だったが、謝ってもらえただけいいと思わなくては。それに、あやうく店の中で乱暴されるところだったのだ。自分の身が危ないというのもあるが、それ以上に、客の前でそんな修羅場が展開されることにならなくて、本当によかった。

ディアナはアレクシスのほうを向いた。

「助けていただきまして、ありがとうございました」

「いや……。一応、私は彼の身内だから。甥《おい》があんな真似をしてすまなかった。皆さんも……」

彼は店内にいる客に向かって声を張り上げた。

「不快な思いをさせてしまって、本当に申し訳ない」

彼が頭を下げてくれたことで、さっきまで店内に漂っていた緊張が解けていく。従業員を含めて、女性ばかりだったから、先ほどのリチャードの言動には恐怖を感じていたことだろう。

「わたくしからも……本当に申し訳ありませんでした。お詫《わ》びとして、今この店内にいるお客様には特別にお好きなハンカチをプレゼントさせていただきます」

それを聞いた客からは喜びの声が上がる。

ハンカチは何枚あってもいいものだし、ちょっとした贈り物として重宝する。何よりこの店のハンカチは、布の柄にこだわっていて、他の店にはないオリジナルなのだ。

客の機嫌がよくなったことにほっとしながら、ディアナは再びアレクシスに向き直った。

「今日は、お祖母様はいらっしゃっていないのですか?」

「ああ。今日は姪《めい》の誕生日が近いから、何かプレゼントでもと思ったんだ。姪もこの店のファンなんだよ」

「まあ、ありがとうございます」

前世でも、自作のドレスを買ってくれた人にネット経由でファンだと言われ、嬉しかったことがある。今世でもやはり嬉しい。

ディアナは若い女性が喜びそうな扇とハンカチと手提げ袋を選び、アレクシスに紹介した。

「よし。これ全部もらおう」

「ありがとうございます。箱に詰めますので、こちらでお待ちください」

箱をこの店オリジナルの紙でラッピングして、リボンをつけることになっている。贈り物でなくても、このサービスはしているが、贈り物なら見栄えをよりよくすることになっている。ディアナはラッピングを従業員に頼み、さっきまでリチャード達が座っていたソファに彼を案内した。

「マダム……。実は少し内密の話があるんだが」

突然アレクシスに切り出され、ディアナはカーテンを閉めた。ドレスの相談でなければ、カーテンは開けたままなのだが、内密と言われれば閉めざるを得ない。といっても、個室ではないので、あまり大きな声で話すと、さっきのように外にも聞こえてしまう。

もちろんアレクシスはちゃんと心得ているようで、ディアナがソファに腰を下ろすと、身を乗り出すと静かな声で話しかけてきた。

「……この間はパーティーを楽しめなかったようだね」

「え……？」

どういう意味だろう。

ディアナはぽかんとして、彼の顔を見つめる。

彼はいたずらっぽく笑った。

「卒業パーティーが開かれたホールの外で、ぶつかりそうになっただろう？」

そう言われて、ディアナは目を見開いた。

彼とぶつかりそうになったのは、マダム・リリアではなく、ディアナのほうだ。一瞬、変身魔法が解けたのかと思ったが、そうではなかった。彼はマダム・リリアの正体を見抜いたのだ。

「……わたしのことを……どうして？」

彼は優しい眼差しで微笑んだ。

「これでも一応、魔導騎士団の団長だから。変身魔法は完璧だが、やはり違和感がある。それに、一度会ったことがある人のことは、変身魔法を使っていても本当の姿がなんとなく分かるんだ。この間、祖母とこの店に来てみて、本当に驚いたよ」

　今まで正体を見破られたことはなかったが、さすがに魔導騎士団の団長には通用しないのだろう。ディアナは恐れ入るしかなかった。

「まさか、一度ぶつかりそうになっただけのわたしを、覚えていらっしゃるとは思いませんでした」

「いや、君のことは元々知っているからね、リール侯爵令嬢」

ディアナはリチャードの婚約者だったが、会ったことはなかったから顔も知らなかった。けれど、彼のほうは違っていたようだ。

「わたしのことをご存じだったんですね」

「顔は知っていたんだ。実は私も舞踏会などでは変身魔法を使って出席していたから、君のほうは知らなかっただろうけど」

　だから会ったことがなかったのか。というより、会ったことはあったかもしれないが、ディアナには分からなかったのだ。

「ディアナ嬢……と呼んでもいいかな？」

「あ……はい。でも、周りに人がいるときは、マダム・リリアなので……」

「分かっている。でも、驚いたな。今をときめく人気デザイナーの正体がディアナ嬢だなんて。リール侯爵家は魔導具で有名だが、君にこんな才能があったとは思わなかった」

「いえ、そんな……」

自分が人気デザイナーだという自覚はあるし、店も繁盛しているのだから、ある程度の自信はあるが、アレクシスのような見目麗しい男性に褒められたら、照れるしかない。

彼の藍色の瞳がじっとディアナを見つめている。

「あの……シャンティ魔法学園のユリアス先生とお知り合いだと伺いましたが」

「ああ、そうだ。この間、彼に言われたんだ。魔導具のことで君を紹介したいと」

ユリアスはちゃんと話を通しておいてくれたのだ。ディアナは嬉しくなった。

「エージュ公爵様があの魔導具を開発されたと聞いて、お話を伺いたいと思っていたんです。お忙しいと思いますが、ご都合がつきましたら、いつかぜひ……」

ユリアスが話をしてくれたとはいえ、彼がディアナのためにわざわざ時間を割いてくれるかどうかは分からない。しかし、ほんの少しでもいいから、魔導具について話が聞いてみたかった。

「もちろん。今晩なんてどうだろう？　夕食を摂りながら話をしよう」

まさか今晩と言われるとは思わなかった。心の準備ができてはいなかったが、この機会を逃したら、今度いつ話ができるか分からない。彼の祖母が仮縫いのときに一緒に来てくれるかもしれないが、そんなときに魔導具の話なんてするわけにもいかなかった。

「はい。ご一緒します」

ディアナがそう答えると、彼は柔らかい笑みを浮かべた。

リチャードとアリサがやってきて、ひどい目に遭ったが、彼に会えたので、あの二人のことなんてもうどうでもいい。

憧れの魔導騎士団の団長。見目麗しく、格好よくて男気があり、年配の方にも優しい人。

彼の温《ぬく》もりのある藍色の瞳を見つめながら、胸のときめきを抑えることができなかった。

けれども、これほど素敵な男性と二人で食事をするなんて初めてなのだ。ドキドキするなと言われるほうが無理だ。

とにかく、ディアナは彼と話をするのが楽しみでたまらなかった。


夜の七時に、アレクシスが店に迎えに来るという。

片付けが終わり、最後まで残っていてくれた従業員を送り出したところで、ちょうど豪華な馬車が店の前で停まった。御者が馬車の扉を開けると、アレクシスが降りてくる。

「もう出かけられるかな?」

ディアナは頷き、店の戸締りをしてから彼の馬車に乗り込んだ。行先は王都で一番有名なレストランなので、ディアナの姿ではなく、マダム・リリアの姿だ。

ディアナはリチャードの婚約者だったから、アレクシスと二人きりで食事をしている姿を人に見られると困る。社交界に、あの卒業パーティーでの出来事は広まっていて、ディアナが婚約破棄されたことも噂が回っているだろうが、知らない人もいるかもしれない。それに、アレクシスと食事をしていることを、変なふうに勘繰られても嫌だ。

まあ、彼がマダム・リリアのパトロンだと誤解されるかもしれないけれど。

とはいえ、それはデメリットにはならない。女性がオーナーの店に貴族のパトロンがついているのは、よくあることだ。リリアの背後にアレクシスがいるとなれば箔がつくし、リチャードだって店で勝手な振る舞いはできない。

今日の一件はどうせ社交界で噂になることだろう。

リチャードとアリサが店で高飛車な言動を繰り返していたこと。店のオーナーに乱暴をしようとしたこと。そして、それをアレクシスが助け、リチャードを咎《とが》めたこと。

人の口に戸は立てられない。よくも悪くも社交界の人は噂好きなのだ。だから、変な噂は立てられないように気をつけなければいけないし、自分に有利な噂は立ててもらったほうがいい。

レストランには予約を入れていたようで、店に着くと、すぐに二人は個室に案内された。小さいながらも、高級感のあるテーブルや椅子が置いてある。テーブルの上には上品に花が活《い》けてあり、燭台《しょくだい》には蠟燭《ろうそく》が燈《とも》されていた。

「ここなら、秘密の話ができるだろう?」

彼はそう言って、意味ありげに少し笑った。

「新しい魔導具はまだ公表されてないですものね」

「魔導具？　ああ……そっちのほうか」

ディアナはてっきり魔導具の話をするのだと思っていたから、キョトンとしてしまった。

「いや、いいんだ。でも、できれば魔導具以外のことも話したいな」

「あ、はい。そうですね」

魔導具以外のことと言えば、彼の祖母のことだろうか。新しいドレスのことか。それとも、姪のことかもしれない。もしくは、ユリアスのこととか。

シャンティ学園の卒業者の話なんかも聞いてみたい。何人か魔導騎士団にスカウトされたという。彼がどんな基準で選んだのか、ディアナは興味があった。魔導騎士団には何が求められているのかを聞いてみたかったのだ。

というのも、弟のマックスがどうやら魔導騎士団に憧れを抱いているようだから。

つまり、話題はたくさんあるということだ。

席に着くと、ワインを注文する。この世界にあるワインと前世のワインはあまり変わらない。といっても、前世でワインを飲む機会は二回しかなかったから、すべてのワインがそうなのかは分からない。

食事を注文してから、彼は視線をこちらに向けた。

やはり彼はユリアスにどことなく似ている。

「あの……エージュ公爵様はユリアス先生とお知り合いとしか聞いていないんですが、どういったご関係なんですか？　もしかして、ご親戚とか」

「実は……そのとおり。母方の親戚なんだ。あまり血筋は近くないけど」

やはりそうだったのか。顔立ちはそれほどでもないが、雰囲気や仕草が似ている。ディアナはやっと納得できてすっきりした。

「わたし、先生のことを尊敬しているんです。あの学園で嫌な噂をされて、独りぼっちだったけど……先生だけはわたしのことをよく気にかけてくださって、とてもありがたかった」

正直な気持ちを打ち明けると、アレクシスは優しい眼差しで微笑んでくれた。

「君は真面目な生徒だったと聞いているよ」

「卒業パーティーの件で、先生はわたしの無実を晴らしたいっておっしゃって……。それで、魔導具をお借りしたみたいですけど」

「ああ、あれね。なかなかよくできているだろう？」

「はい！　我が家でもああいうものを開発したいと思って、話し合っていましたが、上手くできなくて」

「リール侯爵家の魔道具といえば、君のお兄さんが中心になって開発しているんだったな。もしかして、君も何か関わっていた？」

「えっ……その、少しだけです」

秘密にしていることなので、今回もディアナははぐらかした。ディアナがマダム・リリアとして服飾店のデザイナー兼オーナーだということを知っているアレクシスには、本当のことを打ち明けたくなったが、やはり黙っておいたほうがいい。

知る人が少なければ少ないほど、秘密が洩《も》れることはなくなるから。

「わたし、魔導具は大好きなんです。兄が錬金術を使うことはご存じだと思いますが、魔法でいろんなものをたやすく作り出すのを見たら、もう……。感動です！」

「僕は君のお兄さんみたいに錬金術の天才じゃないから、簡単に作ってはいないよ。試行錯誤の繰り返しだった。ただ、魔導騎士団にいると、犯罪捜査を魔法でやれとか、けっこう無理難題を持ち込まれるからね。証拠をありのまま記録する魔導具がどうしても必要だと思ったんだ」

それから、彼は自分が開発した魔導具の仕組みについて語ってくれた。それが一番聞きたかったことだけれど、まさかそんなに詳しく話してくれるとは思わなくて驚いてしまった。

もちろん、仕組みを知ったからといって、おいそれと再現できるものではないのだが。リール侯爵家の魔導具も真似して販売した輩《やから》はいるのだが、やはり壊れやすいとか、不具合が出るようだ。開発者でなければ分からないところがあるのだ。

二人は食事しながら、魔導具について話が盛り上がった。彼も魔導具が好きなようで、目が輝いている。

「この間、兄に相談してミシンを製作してもらって……」

「……ミシンって？」

ディアナははっとして思わず口を押さえた。この世界にミシンという言葉は存在しなかったからだ。

「え……と、布を縫う機械のことをそう呼んでいるんです」

ディアナはミシンの仕組みを説明した。

「ほう……。すごいな」

「まだわたししか使ったことがないんですけど。いつかみんながそれを使って、安価に速く服を生産できるようになったら、今まで古着しか買えない人達も新しい服が買えるんじゃないかと思って」

古着が悪いわけではないし、古着を着るのもリサイクルだ。けれども、庶民でもお祝い事などのとき用に新しい服が欲しい人がいるだろう。

「なるほどね。君は上流階級にだけ服を売りたいわけじゃないんだ」

「みんなに綺麗な服を着てほしいです。ただ、服を縫う内職の人もいるから、その人達の仕事を奪わないようにしないと」

そういった話にも、彼は同調してくれる。ディアナはそれが嬉しかった。もしリチャードに同じ話をしたなら、きっと庶民のことなんてどうでもいいと言っただろう。

ディアナもこの世界では侯爵令嬢として生きてきたが、前世はごく一般的な庶民だ。貧富の差はあれど、一応みんな平等な世界に生きてきた。だから、この世界で差別する気持ちは毛頭ない。

だが、王子として生まれ、今も貴族階級のトップにいるアレクシスが自分の話に賛同してくれるとは思わなかった。

いや、彼は確かリチャードに言っていた。国王は庶民だからと馬鹿にする貴族が嫌いだ、と。

それなら、彼は国王に影響を受けたのだろうか。ディアナはいつも穏やかで優しい表情の国王を思い出した。

「あの……エージュ公爵様は……」

「アレクシス、でいいよ」

「えっ……でも……」

ディアナは戸惑った。ゆっくり話したのは今日が初めてだ。名前で呼ぶなんて恐れ多い。

「君のことをディアナと呼びたいから。君が私を名前で呼べば、平等だろう？」

「あ……はい」

ディアナは頬が熱くなるのを感じた。

名前で呼び合うということは、彼と自分は友人ということになるのだろうか。魔導具の話はかなり盛り上がっていたし、最初よりもずっと気楽に話せる関係になっていることは確かだ。

「ア……アレクシス様」

なんだか急に喉が渇いてしまって、思わずワインを口にする。彼はにっこり笑いかけてきた。

「敬称はいらないな。呼び捨てにしてくれ。いっそアレクとでも」

さすがに愛称呼びは図々《ずうずう》しい。

「いえ！　ア、アレクシス……」

「ディアナ」

彼に名前を呼ばれて、身体が妙に熱くなってくる。ワインを飲み過ぎてしまったのかもしれない。

彼はその様子を見て、クスッと笑った。

「……ところで、君にとっては嫌な話になるかもしれないが、あの卒業パーティーでのこと、私もなんとかしたいと思っている」

「ユリアス先生が証拠と証言を集めて、陛下にわたしの潔白を訴えると……」

「私もそれに協力するから、君は心配しなくてもいいよ」

彼からもそう申し出てもらって、ディアナは温かい気持ちになった。自分の味方は何人もいる。ゲームのディアナとは違って、決して一人きりではないのだ。

「ありがとうございます。婚約解消は構わないんですけど、身分剥奪は困ってしまいます。家族と離れたくないし、これからずっとマダム・リリアとして生きていくのは、つらいですから」

「君があの令嬢を虐めていたとか、怪我をさせたなんて冤罪だから……」

「あ、先生からお聞きになったんですね」

アレクシスは一瞬はっとしたように目を見開いたが、すぐに笑顔になる。

「そうなんだ。いろいろ証拠を見せてもらった。誰であろうと冤罪をかけられて、名誉を穢されるなんてあってはならないことだ。陛下は正当な判断を下してくださると、私は信じている」

「先生も同じようなことをおっしゃっていました」

今のアレクシスにあのときのユリアスが一瞬かぶって見えた気がして、ディアナはまばたきをした。

「先生も……アレクシスも味方をしてくれるなんて、こんなに心強いことはありません」

ディアナは彼の名を照れながら発音する。彼はまた嬉しそうに笑った。

「頑張るよ。君の名誉を守るために」

彼の優しい言葉と笑顔に、ディアナはまた身体が熱くなるのを感じた。


ディアナは店まで馬車で送ってもらった。

彼はディアナが侯爵邸に帰ると思ったようだが、店の上階に寝泊まりしていると聞き、かなり驚いていた。

「あの辺り、治安は悪くないとは思うが……大丈夫なのか？」

「ええ、なんとか。あ、そうだ。ミシンを置いているんですけど、よかったら見ていかれますか？」

ディアナが誘うと、アレクシスは興味を惹《ひ》かれたようで同意した。

店に入り、照明をつけると、階段を上がっていく。もちろんこの照明も魔導具だ。電気ではなく魔力の込められた魔石で室内を照らしている。今、上流階級でこの魔導具がない屋敷はないとまで言われていた。

二階までは明るい照明がついているが、三階に上がる階段は薄暗い。ディアナは自分しか上がらないから、今まで気にも留めていなかった。しかし、アレクシスと二人だと思うと、妙にその薄暗さを意識してしまう。

何故だか胸がドキドキしてきて……。

やだ。意識しすぎ。

彼のほうはディアナのことなんて、そんなに気にかけているとは思えない。魔導具のことで話が合うだけなのだから。

三階に上がり、扉を開けると、照明をつける。そこにはこぢんまりとした居間だ。自分一人でいるときはちょうどいい広さだけれど、アレクシスのような長身の男性が一緒にいると、なんだか狭く感じてしまう。

「こちらにどうぞ」

ディアナは作業部屋に案内した。

ここは衣装を製作する部屋で、広いテーブルには物差しや様々な裁縫道具が置いてある。そして、窓際に置いてあるミシンを見せた。

「これか……！」

アレクシスは食い入るようにそれを見つめた。ディアナは実際に動かしてみて説明していく。彼は縫い合わされた布に目を近づけ、感嘆の声を上げた。

「すごいものを開発したね。君のお兄さんはやはり天才だ！」

トリスタンを褒められて、ディアナはいい気分になった。アイデアを出したのはディアナだが、結局、前世に存在していたものだから、自分の手柄だというわけではない。大雑把《おおざっぱ》に仕組みを説明しただけで、錬金術で現物を作るトリスタンがすごいのだ。

「そうか。糸がこうなって……ここをこう動かすだけで、針がこういう動きをしているんだな」

彼はすっかりミシンに夢中になっている。トリスタンもこういうところがあるから、ディアナは微笑ましくその様子を眺めていた。

ふと、彼が我に返る。

「あ……すまない。女性の部屋に長居をしてしまって」

「いいんです。わたしがミシンをお見せしたかったから」

「そうか……。じゃあ、そろそろお暇《いとま》しなければ」

彼はそう言いつつ、ディアナに向き直る。

「最後に……。元の姿に戻ってくれないか？　君の本当の顔が見たい」

静かな声で言われて、なんだか緊張してくる。

「はい……」

変身魔法を解くと、彼は藍色の瞳でじっと見つめてきた。ディアナも彼を見つめ返す。

「マダム・リリアも素敵な女性だが、私はディアナのほうがいいな」

えっ……それって、どういう意味？

瞳の深い藍色が何故だか自分の中に沁《し》みとおっていくような気がする。不思議な感覚に包まれ、胸がときめいた。

「私はまた君と会いたい」

「……はい」

ディアナは口を開いたが、囁《ささや》き声しか出せなかった。

デートに誘われた……のかな。でも、ひょっとしたら勘違いかも。だって、彼はうちの店のお客様だ。今夜は親しい友人のように食事をしながら楽しい話をした。しかし、魔導具の話で盛り上がっていただけだ。プライベートで会いたいと言ってくれたかもしれないけれど、それは魔導具の話をするためだけだということも考えられる。

そうよ。こんな素敵な人がわたしなんかに興味を抱くわけがない。

前世と違い、今の姿はかなりの美人だ。しかし、中身は前世の冴《さ》えない自分のままだし、婚約者のリチャードにこっぴどく振られたばかりなのだ。

女性としての自信なんて全然ない。それとも、彼は『ディアナ』の容姿が好きなだけ？

ディアナの頭の中でいろんな考えが目まぐるしく浮かんだ。

彼はそっとディアナの手を取った。

手の温もりがこちらに伝わってくる。ミシンを扱うときに、二人とも手袋を外していたから、肌と肌が直に触れ合っていた。

あったかい……。

ダンスをするとき、パートナーの男性と手が触れるときがあるが、いつも手袋越しで直に触れ合うことなんて絶対にない。たかが手……といえども、彼の温もりを意識して、心臓が高鳴った。

アレクシスは優しく微笑む。

「女性と一緒にいて、こんなに楽しかったことはなかった」

「わ、わたしも……楽しかったです」

婚約者だったリチャードとも、こんなに楽しくなかった。トリスタンとはよく話すが、家族ならではの気楽さがあるだけだし、ユリアスと話すのも好きだったが、相手が教師だと緊張もする。ところが、アレクシスには楽しいだけでなく、胸のときめきも感じていた。

まともに話したのは、今日が初めてと言ってもいいくらいなのに。

まるで今まで何度も会っていたみたいな感じがして……。

ディアナは彼の顔から目が離せなかった。

「先日、陛下から君とリチャードの婚約が正式に解消になったのを聞いた。正直に言うと、私は嬉しいんだ。……君にはショックな出来事だったかもしれないけど」

「元々、わたしの意志とは関係なく決められたものでしたから……」

自分も婚約が解消になって嬉しいと言いたいが、さすがにリチャードも王子だから、あからさまには言えない。しかし、学園でアリサに夢中なところをさんざん見せつけられていたことだし、今更ショックでもなんでもない。

それこそ、わたしは最初から婚約破棄されるのは知っていたのだ。

「次の婚約は自分の意志で決めたい？」

「……そうですね。次の婚約のことまで、まだ考えてないんですけど」

母はしっかり考えていて、若い男性を物色中だ。ただあの卒業パーティーのことが噂になっていて、ディアナを傷物だと考えている貴族もいるということらしい。そのため、母は貴族でなくても、ディアナにふさわしい男性を探そうとしている。

もし、アレクシスと食事に行ったことを母が知ったとしたら、母の中ではアレクシスが次の婚約者候補の筆頭になるのかもしれない。

でも、婚約解消が嬉しいと言ってくれても、次の婚約者候補になるまでの気持ちが彼にあるかどうかは分からなかった。

だって、わたし、恋愛経験なんてないから。

前世でも男性とはまったく無縁の生活を送っていたのだ。片想いくらいはしたことはあったけど、告白されることなんてなかった。二次元ならともかく、リアルな男性の気持ちなんか想像できない。けれど、こんなに熱い眼差しで見つめてきて、手を握ってきて、何やら甘い言葉をかけてくる。もしかして、わたし、口説かれている……のかもしれない。

彼はふっと笑った。

「そうだね。婚約の話をするのは早すぎるか。でも……」

彼の手がディアナの頬に触れてくる。

「ディアナ……」

名前を呼ばれて、ドキンと胸が高鳴った。

蕩けるような表情に見惚れてしまう。

「……なんて綺麗なんだろう」

彼の顔が何故だか近づいてくる。ディアナは思わず目を閉じた。胸の高鳴りが止まらない。

ああ、わたし……。

唇に何か柔らかいものが触れた。

キス……これがキス。

初めての体験だった。心臓がドキドキしすぎて、どうしたらいいか分からない。

唇が触れたのは一瞬だったけれど、頭が沸騰しそうなくらいに熱くなっている。

ドキドキしながら目を開けると、彼がすぐ近くで微笑んでいた。

頬を優しく撫でられながら、囁かれる。

「キスだけで、こんなに赤くなって……。本当に可愛い」

「か、可愛い……なんて……」

声が掠《かす》れる。

「動揺させすぎたかな。……悪かった。二人きりだったから、つい……」

ディアナは声を出せずに、ただ首を横に振った。彼は明るく笑うと、今度はディアナの頭を子供にするように撫でる。

「これに懲りずに、また会ってほしいな」

「……はい」

小さな声で答えると、彼は満足そうに頷いた。

「さあ、これ以上、変なことになる前に帰ったほうがいいな。それにしても……ここに使用人はいないのか？　君が帰ってきても、一人も見かけなかったが」

「あ、わたし、一人暮らしなんです」

そう言った途端、彼は信じられないというふうに目を見開いた。

「嘘だろう？　店の三階に住んでいるというだけでも危険だと思ったのに、一人暮らしだなんて。ご両親はどう思っていらっしゃるんだ？」

まるで学園の教師みたいなことを言うと、ディアナは思った。

「両親も心配していますけど、もし身分を剥奪されたら、こういう暮らしになるんじゃないかと思って。予行練習みたいな気分で、一人でやっているんですけど」

「信じられない！」

アレクシスは両親以上にディアナの心配をしてくれているようだ。

「年頃の娘が軽い気持ちで一人暮らしなんかするんじゃない。君の冤罪は晴らしてあげられるだろう

し、万が一、身分剥奪されるにしても、一人暮らしなんて論外だ。せめて、ちゃんとした屋敷で使用人をたくさん雇うんだ。だいたい、この店も夜間の警備を一人も置かないなんて不用心だ。強盗が入って、商品を盗まれたらどうするんだ？　そして、その強盗が三階まで上がってきたら……」

彼はそんな想像をしたのか、身震いをした。

「とにかく、今夜は侯爵邸に帰るんだ。私が送っていく。それから、ご両親に話をする。一人暮らしなんてとんでもない、と」

エージュ公爵に伴われて自宅に戻ったら、母はどんな反応をするだろう。舞い上がって、すぐさま二人をくっつける算段を始めるに違いない。

「あの……大丈夫です。この建物の出入り口や窓には保護魔法をかけてあるから。よほどの魔力の持ち主でもなければ、強盗は入れません」

ディアナがそう言うと、彼はすぐに窓に近づき、そこに手を翳《かざ》した。

「ほう……。なかなかの魔法だな」

ディアナの魔法は強い力ではないのだが、その反面、持続力がある。一旦かけると、長期間、続いてくれるのだ。たまにかけ直せば大丈夫だ。うちの店は高額な商品を置いているが、今まで一度も強盗に入られたことはない。

アレクシスはふーっと息を吐きだす。

「……分かった。私が口を出すまでもなかったのかもしれないな」

「あ、いえ。わたしのことをそんなに心配してくださって……嬉しかったです」

身内以外で、これほどまでに本気で考えてくれる人は、彼とユリアスくらいだ。

アレクシスはユリアスとなんとなく雰囲気が似ている。けれども、教師のユリアスとは違って、彼は食事に誘ってくれたり、手を握ったり、キスをしてくる。ディアナは戸惑いながらも、彼に惹かれていくのを感じていた。

初めてのキスだったし……。

ディアナは彼を店の出入り口まで送った。馬車はまだ店の前に停まったままだった。彼は店の外に出ると、再びディアナの手を握る。

再びディアナは彼の温もりを手に感じた。

「私が外で見ているから、今からすぐに戸締りをして、保護魔法を厳重にかけるんだよ」

「……はい」

馬車を見送るつもりだったが、逆に彼はディアナが戸締りするのを見届けてから馬車に乗るつもりでいるらしい。その思いやりがくすぐったかった。

「じゃあ……また君に会いにくるから」

彼は手を離すと、扉をそっと閉じた。

ディアナは鍵をかけ、保護魔法をかける。しばらくすると、馬車が遠ざかる音が聞こえてきた。

ちょっと過保護な人……。

見目麗しい外見に加えて、王弟で公爵、そして魔導騎士団の団長——なのに独身とくれば、どこか性格に難があるのではないかとも思ったのだが、まったく違っていた。

優しくて、正義感が強く、悪いものは悪いとはっきりと言える人。そして、あんなにもわたしを心配してくれる人だった。

彼とまともに話したのは今日が初めてだというのに、ディアナはすっかり彼のことばかり考えるようになっていた。

いつものわたしとは全然違う。

胸が温かい何かでいっぱいになっていて、心が勝手に浮き立ってしまう。

こんなの、生まれて初めて。いや、生まれる前でも経験ない。

ふと自分の唇に触れてみた。

あのときの彼の唇の柔らかさを思い出し、頬がひとりでに熱くなってくる。

今度、彼と会うとき、普通でいられるだろうか。マダム・リリアのときは落ち着いた態度でいなくてはならないのに、彼とまた顔を合わせることを想像すると、店中を走り回りたいような衝動が湧き起こってくる。

とにかく……落ち着こう。

自分の気持ちが恋なのかなんなのか知らないが、まだリチャードと婚約解消したばかりだ。しかも、妙な冤罪をかけられ、身分が剥奪されるかどうかの瀬戸際だ。

そうよ。すべてが片づいてからでなくちゃ。
ディアナはそう思いながら、三階の自室に戻った。

# 第四章　アレクシスと再びのキス

数日ぶりに侯爵邸に戻ったディアナは、ユリアスから手紙が届いていたことを知った。

その手紙には、証拠の編集を終えたので、しかるべきときに国王の前でディアナの無罪を認めてもらうと書いてあった。

早速、お礼も兼ねて、再び制服に身を包んだディアナは学園に向かった。

ところが、ユリアスの研究室は空っぽだった。

ディアナは研究室の扉を開けたまま、ぽかんと室内を見つめた。家具は前に見たとおりのものがある。机に椅子、本棚、書棚にソファとテーブル。しかし、そこら中にあったユリアスの本や書類や筆記具、それから魔導具だってない。つまり、家具しかなかったのだ。

もちろんユリアス本人もいなかった。

なんだかゾッとした。まるでユリアスがこの世から消えてしまったように感じたからだ。

ううん。そんなこと、あるわけないわ！

ディアナは慌てて学園長室へ向かった。他の先生に尋ねるより、学園長に訊《き》くほうが正確な情報が手に入ると思ったのだ。

扉をノックすると、中から開き、以前と同じ女性秘書が迎えてくれた。

「ディアナ嬢！　一体どうしたんだね？」

学園長は机で書き物をしていたが、ディアナを見るなり驚いたように立ち上がった。

「突然失礼します。わたし、ユリアス先生に会いにきたのですが、研究室には誰もいなくて……。あの、もしかして、先生に何かあったのですか？」

そう。ディアナは心配していた。

ユリアスは国王に謁見を願い出ると言っていた。アレクシスが仲立ちしてくれるから大丈夫だろうと思っていたのだが、もしディアナの冤罪《えんざい》を晴らそうとする行為が国王の不興を買ったとしたら、教師でしかないユリアスがどんな目に遭うのか怖かった。

「そのことか……」

学園長はソファに座るように勧めてきた。呑気《のんき》に座って話す気分ではなかったけれど、勧められた以上、大人しく腰を下ろす。

学園長はディアナの向かい側に座り、落ち着いた態度で話し始めた。

「実は、エヴェンバーグ先生は学園を辞めたんだ。任期が終わり、契約を更新しなかった」

この間会ったときは、そんな話はしなかった。手紙にも書かれていなかった。もちろん、ただの生徒でしかないディアナに、わざわざプライベートなことを話さなくてもおかしくはないが。

けれども、なんとなく不安が湧き上がってきて、ディアナの心を締めつけた。

彼は本当に自分の意志で学園を去ったのだろうか。もしかして、辞めさせられた……なんてことはないだろうか。

ディアナは学園長にまっすぐ視線を向けた。

「わたし、ユリアス先生にいろいろしてくださったお礼を言いたいんです。先生のご住所を教えていただけないでしょうか？」

そう尋ねると、学園長は少し困ったような顔をする。

「悪いが、個人情報は教えられないことになっている」

「では、教師を辞めて、これからどうなさるか、何かお聞きになっていませんか？」

その問いにも、学園長は笑みを浮かべながら、残念そうに首を横に振った。これも教えられないということなのか。それとも聞いていないということか。

「ユリアス先生はわたしの名誉を回復させるために、陛下に謁見を願い出るとおっしゃっていました。そのことで何か不都合なことが起きたのでしょうか？」

実のところ、ディアナが一番気にしているのはそれだった。自分のために尽力してくれたのが原因で、ユリアスが咎《とが》を受けることになったとしたら……。想像するだけで苦しくなってくる。

「いや、まさか。そういった事実はないよ」

「それなら、ユリアス先生がお辞めになったのに、わたしのことは本当に関係がないんですね？」

ディアナは念を押した。

「そうだよ」

学園長は力強く肯定してくれたものの、ディアナの胸にはまだ不安が残っていた。

やはり、辞めるタイミングが妙だと思うからだ。別れも告げずに消え去るなんて、どうもおかしい。

「それより、もう卒業したわけだから、しょっちゅう学園に出入りしてはいけないよ。この間は黙認したが、本来はよくないことだからね。用事があるときは、前もって連絡してから来るように」

「……はい。もうしません」

ディアナはすでに外部の人間なのだ。制服を着て、生徒のふりをして紛れ込んではいけない。分かってはいるが、ユリアスに用事があっただけなので、つい手軽さを優先させてしまったのだ。

ディアナは学園長の手間を取らせたことを詫《わ》びて、その場を去った。

それにしても、ユリアスがどこにいるのか、調べる方法はないだろうか。そう考えて、すぐに彼とアレクシスが親戚関係だったことを思い出した。

アレクシスはまたリリアの店に来るようなことを言っていた。けれども、それまで待てない。ユリアスの無事を確かめたかった。いや、彼の身に何か起こったというわけではないだろうが、何か圧力がかかったのではないかと気になって仕方ないからだ。

急いで侯爵邸に戻ったところで、ちょうど玄関ホールで花瓶に花を活《い》けていた母と会った。彼女は急いでいるディアナを見て、眉をひそめた。

「レディーは走らないものよ。ほらほら、髪が乱れているわよ」

別に走ってはいないが、急ぎ足でもはしたないということなのだろう。ディアナは仕方なくしずしず歩いて、母に挨拶をした。

「ただいま、お母様」

「お帰りなさい。どうしてそんなに急いでいたの？」

「実はね……わたしが隠れ家にいた間に、ユリアス先生からお手紙をいただいていたの。そのことで学園に行ったら、先生はもう辞めたって。学園長に住所を訊いたけど教えてもらえなかったから、アレクシスに……」

そう言いかけて、ディアナは顔が赤らんだ。母は美しい顔で眉をひそめる。

「アレクシスって、どなた？」

「あ、いえ、魔導騎士団の団長で……ユリアス先生と親戚みたいなの」

「魔導騎士団の団長って、エージュ公爵よね？」

母の目がキラリと光る。まったく何を考えているのかすぐ分かる。ディアナの花婿候補になり得るのか、頭の中で計算しているのだ。

「いつの間にエージュ公爵と親しくなったの？」

「え、えー……その……接客して、少し話しただけ」

「名前を呼ぶことを許されるなんて、親しくならなければ無理だわ」

だから、母にはアレクシスのことを話したくなかったのだが、自分が口を滑らせてしまったのだから仕方ない。

「ちょっと間違えただけよ」

一応、言い訳したものの、母には通じていないようだった。その証拠に、機嫌よさげににんまりと笑っている。

「いいご縁だわ。一度、お茶に招待してみましょうか」

「公爵とは店で会ったのよ。マダム・リリアとして」

とっくにディアナだとバレていたのだが、そこは隠して伝えた。

「問題ないわ。正体を見せてあげればいいだけ。大丈夫よ。ディアナとマダム・リリアは似ているんだから」

最初から正体を知っている母にしてみれば、いくら変身魔法を使っても、リリアはディアナに見えてしまうのだろう。

「それはともかく……。公爵にユリアス先生の元生徒としてお手紙を書いて、いろいろ訊いてみるつもりなの。わたしのことで何か迷惑をかけていないか、すごく心配だし」

「そうしなさい。ついでにお茶に誘ったらいいわ」

アレクシスに会いたい気持ちはあるものの、さすがにそこまで書くのは図々《ずうずう》しい気がした。

ディアナは適当にごまかして、自室に戻った。すぐに机につき、引き出しからレターセットを出して、ペンを持つ。

アレクシスに初めての手紙……。

彼の優しい眼差《まなざ》しが頭に浮かび、ドキドキしてくる。同時に手紙を書くと思うと、緊張もしてきた。

いや、ラブレターを書くわけではない。ユリアスの行方について尋ねるだけだ。

ディアナは姿勢を正して、ペンを走らせた。


ディアナはアレクシスから返事が来るのを待っていた。

すぐ来るとは思わない。彼は仕事が忙しいだろう。そう思っていたのに、翌日になり、メイドがディアナの自室に慌ただしくやってきて、エージュ公爵の訪問を知らされた。

手紙ではなく、本人が来てくれたのか。

彼に会えると思うと嬉《うれ》しい。が、あのキスのことがあり、顔を合わせるのが少し恥ずかしかった。

それに、正式訪問されたら、母が完全に勘違いをしてしまうだろう。

ディアナが彼に惹《ひ》かれているのは確かだけれど、このまま彼ともっと親しくなったらどうなるのか。

母は単純に喜ぶだろうが、何しろディアナは彼の甥《おい》と婚約していたのだ。婚約は解消になり、自由の身とはいえ、次の婚約なんてまだ早いと思うし、何より冤罪の件も片付いていない。それに、彼が結婚だとか、そういうことまで考えているのかどうか分からない。

わたしを弄んでいる……とまでは思わないけれど。

誠実な人だということは、彼と少し話していれば分かる。ただ、やはり人前で断罪されて、悪い噂《うわさ》も回っている。そんな相手と結婚したいなんて、本気で思うだろうか。

せめて母があんなに喜んでなければ、気が楽なのだが。でも、あの母を抑えるなんて無理だ。

ディアナは母の指示で着飾らされて、応接間へ向かった。

扉を開けると、ソファに座っているアレクシスが目に入る。ディアナが来るまで相手をしていたのはもちろん母だった。

アレクシスはディアナを見るなり、立ち上がった。

「ディアナ嬢……」

彼は藍色の瞳で微笑《ほほえ》み、ディアナに近づき、優しく手を取る。手袋越しだけれど、彼の温《ぬく》もりを感じてドキリとした。

少し会わなかっただけなのだが、とても懐かしい気持ちがして、胸が喜びに満《み》ち溢《あふ》れてくる。

見つめ合っていると、母がコホンと咳《せき》をしたので、我に返った。

「ディアナ、エージュ公爵様はマダム・リリアがあなただとご存じだと知っていたのに、どうして黙っていたの？」

「……なんとなく気恥ずかしかったからよ」

母がキラキラした瞳でこちらを見ている。母の頭の中でウェディングベルが鳴り響いているのが分かる。ディアナはそれを避けたかっただけだ。

母に変な期待をされたくなかったのに。

でも、もしディアナがアレクシスと親しくするのであれば、いつまでも隠しておけないだろう。

「あらそう。では、わたしは少し用事があるもので失礼しますね」

母は微笑みながらアレクシスに言い、応接間から出ていった。

えっ……。

普通は未婚の男女を二人きりにするものではない。ユリアスが来たときは母がディアナの隣にちゃんと座っていた。

アレクシスは特別ってこと……？

母はどうにかしてこの良縁をまとめたいらしい。すっかりその気になっている。だが、母を責められない。母なりにディアナの今後のことを心配しているのだ。いくらディアナ自身がずっと独身でいいと思っていても、母はそうは考えていない。

前世ではずっと独身の人なんてざらにいたけれど、この世界では結婚は女の幸せということになっているからだ。

「すみません。母が何か勘違いして、変なことを言ってませんでしたか？」

ソファに腰を下ろした後、ディアナが尋ねると、テーブルの向こうに座る彼は優しく首を振った。

「変なことなんて、何もおっしゃっていなかったよ。女親なら当然のことを尋ねてこられただけで。君とどこで知り合ったのかとか」

きっと、そこでマダム・リリアの話が出たに違いない。

「母はわたしのことをすごく心配しているんです」

「お母さんの気持ちは分かるよ。リチャードに傷つけられた直後だから、近づいてくる男のことには神経質になるだろう」

神経質というより、次の婚約者候補を見つけようと躍起になっているだけなのだけれど。

アレクシスは母の本音に気づいているのかもしれないが、優しさで気遣う発言をしてくれているのだろう。

扉がノックされ、メイドがティーセットとお菓子を持ってきた。彼女はテーブルの上にそれらを置くと、そそくさと出ていく。

ディアナはポットからカップへとお茶を注いだ。カップをアレクシスの前に置き、目を上げると、彼はディアナをじっと見つめていた。

「そうしていると、本当に侯爵家の令嬢という感じだな。マダムの姿もいいが、今の格好は年相応でいいよ」

着飾った姿を観察されていたのだと分かり、ディアナは耳まで熱くなってしまった。

「すごく綺麗《きれい》だよ。目の保養になるな」

さらりと褒められて、ディアナは照れてうつむいた。ディアナの容姿が綺麗なことは知っている。

それでも、前世の記憶が残っているから、褒められると身の置き所がない気持ちになるのだ。

「照れるところが可愛《かわい》い」

「アレクシス……もうやめて」

ディアナは両手を頬《ほお》に当てて、火照った顔を覚まそうとした。それを見て、彼が笑う。

「でも、不思議だね。それだけ綺麗なんだから、褒められるのには慣れているんじゃないか？」

「褒めてくれる人はいるけど……。わたし、学園ではさんざんな目に遭っていたし。悪い噂ばかりだったんです」

そこでようやく、ディアナは本来の目的を思い出した。

「それで、手紙に書きましたけど、ユリアス先生の居所をご存じじゃないですか？」

アレクシスは少し困った顔になった。

「ユリアスに会いたいのかい？」

「もしかしたら、先生の身に何かあったんじゃないかと思うと、居ても立ってもいられなくて」

「どうして彼の身に何かあったと思うんだ？」

アレクシスは怪訝《けげん》そうに尋ねた。

「先生は陛下に謁見して、証拠を提示するとおっしゃっていました。それで陛下の不興を買って、学園を追い出されたんじゃないでしょうか」

正直、国王が誰の味方か分からない。公平な方だと知っているが、それでも我が子が悪いと糾弾されたくないかもしれない。その場合、国外追放されないとも限らない。

「大丈夫だと思うよ」

アレクシスの言葉はずいぶん呑気に聞こえた。

「大丈夫だという根拠はあるんですか？　親戚だっておっしゃっていたし、先生がどこにいるのか、ご存じなんでしょう？」

「まあね……」

歯切れは悪かったが、彼は肯定した。

「本当ですかっ？　じゃあ、会わせていただけますか？」

「それは……ごめん。でも、ちゃんと安全な所にはいるから心配はない。今は会えないが、しかるべきときに会えるよ」

『しかるべきときに』……それは一体いつのことだろう。

とはいえ、ユリアスが安全な所にいるというなら、ディアナはほっとした。自分のために危険な目に遭ったりしたら、申し訳ないからだ。

「実を言うとね、彼は学園ではある調査をするために教師をしていたんだ。その調査が終わったから、学園を去った。それだけのことだから、あまり気にしなくていいよ」

「調査って……」

まるでスパイだ。教師のふりをして潜入捜査していたみたいに聞こえて、ディアナは戸惑った。そんなふうには見えなかったが、ユリアスと親戚である彼がそう言うのだから本当なのだろう。

もしかして、ユリアスも魔導騎士団の一人だったとか……？

だから、気軽に魔導具を借りられたのかもしれない。ディアナのために、証拠を揃《そろ》えられたのも、スパイの仕事をしていたからできたことかもしれなかった。そう考えると、辻褄《つじつま》が合ってくる。

「じゃあ、本当になんの心配もないんですね？」

アレクシスはディアナの目を見ながら頷《うなず》いた。

「それにしても……君はユリアスが好きなのかな？」

「えっ……えーと……尊敬している先生ですから。私のことをずっと気にかけてくださっていた素晴らしい先生です」

「好きというわけではない？」

「え？　好きか嫌いかと言われれば、好きの部類ですけど」

ユリアスに対して、何か失礼な言い方になってしまったかもしれない。ただ、アレクシスが妙に『好き』という言葉にこだわることに疑問を抱いた。

「私のことは？」

アレクシスは囁《ささや》くような声で尋ねてくる。

「え？」

「私のことはどう思っているんだろう？　好きか嫌いかといえば」

「そ、それは……」

ディアナの頬がまた火照りだす。彼は笑みを浮かべているから、揶揄《からか》っているのかもしれない。

「嫌いなんてことは絶対にないです」

遠回しの言い方をしてしまった。身体も妙に火照ってきて、わけが分からなくなってくる。

「ということは、好きの部類ということになるね」

「……はい」

思わず小さな声で頷いた。

確かにそうなのだが、どうしてそんなふうに尋ねてくるのだろう。

突然、彼は立ち上がったかと思うと、ディアナの隣に座った。

「あ……あの……」

近くにいると、彼の体温を意識してしまう。

「本当はもっと時間をかけて、君と仲良くなりたいと思っていた。でも……君と会うたびに気持ちが抑えられなくなってくるんだ」

まるで口説かれているみたいだ。心臓がドキドキしすぎて、彼にもこの音が聞こえているんじゃないかと心配になってきた。

「君の反応を見ていると、私にこういうことをされても嫌じゃないと思うんだけど」

彼はそう言いながら、ディアナの肩を抱いてきた。

ドキッとして、身体がビクンと震える。隣に座るだけより、もっと身体が密着してきたが、確かに嫌だとは思わない。

キスだって……嫌じゃなかったし。

一瞬だけだったから、今となっては夢みたいな出来事だったが、こうして肩を抱かれてみて、あれは本当のことだったのだと思う。

「私は君が好きだ」

彼の声が胸の奥まで染みとおってくる。

男性から好きだと言われたのは初めてだった。もちろん前世でも経験がない。

「初めて間近で見たときは、君の美しさに目を奪われた」

つまり、卒業パーティーでぶつかりそうになったときのことだ。ディアナの脳裏にはあのときのことが浮かんだ。

彼の話はまだ続く。

「だけど、君と話すうちに美しいだけじゃないと分かってきた。悪女だという噂はあったけれど、決してそうじゃない。それどころか、貴族なのに身分差も気にせず、周りの人に気遣いができる優しい人だった」

彼と再会したのは、彼の祖母を店に連れてきたときだ。あれから何度も会っているわけでもないのに、彼はそんなふうにディアナのことを思うようになっていたらしい。

でも、外見でなく、中身を好きになってくれたのは嬉しい……！

「アレクシス……」

「君を私のものにしたい」

彼の囁きに目を見開く。

「もちろん順序は大事だ。君のご両親とも話をしなくてはならないし、ちゃんとしたプロポーズもしなくてはならない。花束や指輪も必要だ」

いきなりプロポーズの話をされて、ディアナは驚いた。母は次の婚約者候補を探してはいるが、実際のところ、ディアナを取り巻く状況はそんな段階ではなかった。

「こ、婚約が解消されたばかりで、正式発表もまだだし……。悪い噂は広まっているし……」

「分かっている。いいタイミングではないことは。これは私が悪いんだ。君を見ていると、なんだか我慢ができなくなってきてしまって……」

「が、我慢？」

ドギマギしてしまって、ディアナは息も碌《ろく》につけずに喘《あえ》いだ。

「ずっと自分の心を抑えていたから……ごめん」

彼と知り合ってから、そんなに時間は経《た》っていない。だから、彼の言葉には違和感があった。しかし、その違和感について考える間もなく、ディアナは唇を重ねられていた。

二度目のキスだ。

心臓がドクンと跳ね上がる。

一瞬だけで唇が離れたかと思うと、再び重ねられる。気がつけば、舌が侵入してきていた。

そんな……嘘《うそ》！

触れるだけのキスではなく、本格的なキスだ。彼の舌が自分の舌に絡みついてきて、ディアナは動揺する。

でも……嫌じゃない。

舌が絡まり、唇を貪り合う。こんなキスを自分がしているなんて、不思議でならない。たった二度目のキスなのに、どうして自分はこんなにも無防備に彼を受け入れているのだろう。

彼がわたしを好きだと言ってくれたからなのかもしれない。

好きな理由もちゃんと言ってくれ、プロポーズのことまで口にした。つまり、遊びではないということなのだ。

どうして彼の気持ちがここまで急激に燃え上がったのか分からない。けれども、彼にここまで熱く告白されれば、ディアナの気持ちも熱くなってきてしまう。

彼について知らないこともたくさんある。それでも、彼が祖母や姪《めい》を大事にする優しい人で、リチャードやアリサの暴挙から守ってくれる勇ましい人でもある。魔導具について気が合い、話も合う。まるで以前から知っている人みたいだった。

やがて頭の中がふわふわしてきて、上手《うま》くものを考えることができなくなってくる。

ああ……やだ。身体のほうも熱くてたまらない。自分が自分でなくなったようにも思えてくる。

いつの間にか、二人は抱き合っていた。ディアナもされるままではなく、彼のキスに応えている。キスがこんなに心地いいものだなんて知らなかった。

ううん。きっと相手がアレクシスだからだ。

誰でもいいわけじゃない。

彼の腕の中で夢見心地で唇を貪り合っていたが、ふと気がついたようにアレクシスが唇を離した。ディアナはもっとキスをしていたかったが、彼のほうも大きく息をつきながら、名残惜しそうにディアナを見つめてくる。

「……悪かった。すっかり夢中になってしまって」

「わ、わたしも夢中になっていたから……」

何も彼だけのせいではない。ディアナもまだ名残惜しくて仕方なかった。

彼はふっと微笑み、ディアナの頬をそっと撫《な》でる。

「よかった。私だけが身勝手にキスを続けていたわけではなくて」

自分の頬がぽっと赤く染まるのが分かった。

「そんな……」

「でも、私は本当に真剣なんだ。それは分かってほしい」

ディアナは彼の真摯《しんし》な言葉に頷く。

「あなたが遊びでこんなことをする人じゃないことは承知しています。ただ、今はまだ結婚までは考えられなくて……」

それは彼のせいではない。もしリチャードの婚約者になる前に彼と出会っていたら……と思うが、仕方がない。ディアナがリチャードの婚約者になるのは、ゲームのストーリーで決まっていたからだ。

そもそも、リチャードと婚約したのはまだ子供の頃のことだ。そのときにアレクシスと出会っていても、かなり年の差があるように思えただろう。当然、恋愛対象にもならないのだ。

「早く君の名誉を回復しなくてはね」

「そうですね……」

彼はまたクスッと笑うと、ディアナの鼻をちょんと指でつついた。

「敬語で話さなくてもいいよ」

「え、でも……」

彼はディアナより身分が高く、年齢もかなり上だ。敬語抜きで話してもいいのだろうか。

「せめて二人きりのときはそうしてほしい」

「アレクシス……」

「どうせなら、アレクと呼んでくれ」

彼の祖母がアレクと呼んでいた。よほど親しい間柄でもなければ、彼のことをアレクと呼ぶ人間はいないだろう。

「アレク……」

そう呼んでみると、彼は晴れやかな笑顔を見せた。

ディアナはその笑顔に見惚《みと》れてしまう。もう彼のことしか目に入らなかった。

結婚はともかくとして、プロポーズのことを口にされて、キスもされたことだし、自分達は恋人同士と言ってもいいのかもしれない。そう考えると、胸に甘酸っぱい気持ちが込み上げてくる。

彼は囁くように言った。

「また会えるかな？」

「はい……」

「どこで会おうか？」

「え……と」

これはデートの誘いということだろうか。前世でもデートをしたことがないが、この世界の貴族がどこでデートするのが正しいのかも知らなかった。

リチャードとアリサは好きなように街中をデートしていたみたいだ。まあ、あの二人は学校でも場所をわきまえず、どこでもイチャイチャしていたから、デートの場所選びの参考にはならない。

貴族で未婚の男女が出かける場合、普通、女性にはお目付け役が必要だ。出かける所は当然、貴族が集まる場所だ。

しかし、ディアナはまだ噂の的だし、デートするならやはりマダム・リリアにならなくてはいけないだろうか。

食事に行ったときはそれでよかった。けれども、今はマダム・リリアの姿でアレクシスと会いたくない。本当の姿で彼と一緒にいたかった。

そんなことを考えていると、彼がいいアイデアを出してくれた。

「たまには変装して王都で遊んでみないか？　貴族という枠から抜け出て、素朴な服を着てみるんだ。いつもと違うものが見えるかもしれない」

変装して、庶民の中にいればディアナだとは誰にも分からない。アレクシスとの仲が噂になることはないだろう。

ディアナはその案に賛成した。

「よかった。明日の午後……でいいかな？　用事がある？」

「わたしは大丈夫ですけど」

「それなら明日会おう。目立たない馬車で迎えにくる。侯爵邸でいいのかな？」

「はい」

明日は午前中だけ店に出て、午後は休みを取ろう。マダム・リリアは今までもそんなに店に出ていなかったから、特に従業員は困らないだろう。

アレクシスを送るために応接間を出て、エントランスに向かうと、階段の上から声がした。

「エージュ公爵！」

トリスタンが階段を急いで下りてくる。そして、こちらに駆け寄り、アレクシスに挨拶をした。

「久しぶりですね！」

「やあ」

アレクシスもにこやかに返す。ディアナは知らなかったが、どうやら二人は知り合いだったようだ。それも、意外と仲がよさげだ。

「今日はどうしたんですか？　もしかして、うちの妹と知り合いでしたか？」

「ああ。ちょっと縁があってね」

彼が意味ありげにディアナのほうにちらりと視線を送るので、ディアナは顔を赤らめてしまった。

トリスタンはそれを見て、複雑そうな表情になる。

「ディアナが厄介事に巻き込まれていることは、ご存じですよね？　その、申し訳ないですが、ディアナには表立ってあまり近づかないようにしていただけると……」

「分かっている。心配しなくても大丈夫だよ。君の妹さんがおかしな噂の餌食にならないように努力するから」

「それならいいんです」

トリスタンは安心したように笑った。

ディアナはトリスタンに尋ねる。

「二人はどこで知り合ったの？」

「魔導具作りの会合で意見交換したんだ。エージュ公爵はうちの魔導具に興味があるとおっしゃるから、研究室に案内したこともある」

研究室にはディアナもよく出入りし、二人で魔導具の開発を行っている。よほどのことがなければ、部外者を招いたりしないはずなのに、まさかアレクシスに研究室を見せていたとは知らなかった。

アレクシスもトリスタンの言葉にうなずく。

「トリスタンは王宮専属の錬金術師にという誘いを断ったが、個人でいい品質の魔導具を開発しているから、気になって仕方がなかったんだ。研究室を見せてもらって説明を受けたんだが、肝心なことは企業秘密で教えてもらえなくて、それだけが残念だったな」

企業秘密というのは、恐らくディアナが手伝った部分だ。アイデアを出すところと、魔石に長持ちする魔力を込めるのはディアナの仕事だからだ。

「魔導具の製作と販売はリール侯爵家の家業ですからね」

トリスタンは自分の仕事に誇りを持っているので、胸を張っている。

「あ、そうだ。お時間があるなら、新しい魔導具について意見を伺いたいんですが。……もしかして、ディアナとまだ話が……？」

「いや、大丈夫だよ」

「よかった！」

どうやらトリスタンはアレクシスのことを同志のように思っているか、かなり尊敬しているかだ。けれども、ディアナも彼の気持ちが分かる。アレクシスはすごい魔導具を開発している。ディアナだって、彼ともっと魔導具の話をしたかった。

でも、お兄様の邪魔はよくないわね。

ディアナは笑みを浮かべた。

「では、エージュ公爵。わたしはこれで失礼します。後は兄とお話をどうぞ」

「ああ。今日はディアナ嬢と話ができてよかった。じゃあ、また今度」

彼の瞳は優しく微笑み、胸が高鳴る。

キスしていたときのことを思い出し、頬が火照りそうになった。

『また今度』

彼は約束を再確認したのだ。ディアナは頷き、彼とトリスタンが立ち去るのを見送った。

ああ、まだ胸がドキドキしている。

自分の状況は前と変わっておらず、本当はアレクシスとの仲を進展させている場合ではないのだ。

それが分かっていても、ディアナは自分の気持ちが抑えられなくなってきていた。

本当にわたしはどうしちゃったの？

異性に心を惹かれると、こんなにも自制心を失うものなのだろうか。

だから、リチャードも……？

彼の場合、自制心どころか理性も倫理観も失っているようだが。思考さえもアリサ色に染められているようで、さすがにあそこまでではないと思う。

それでも、恋というものは、こんなにも心を揺るがすものなのだ。

わたしはこれから貴族でなくなるかもしれないのに。

ディアナはふと溜息《ためいき》をつき、ドレスの裾を翻《ひるがえ》して自室に戻った。

＊＊＊

アレクシスはトリスタンと共に研究室へと向かった。

彼の研究室は侯爵邸とは同じ敷地内にあるけれど別棟だった。二階建てで小さな別荘風になっている。彼はここで寝起きしているというから、彼の私室といっても差し支えないかもしれない。

トリスタンが両開きの扉を開くと、広々とした吹き抜けの空間があり、そこにはソファやテーブルがいくつか置いてあった。ここで客と商談をするのだという。そして、二階には広い作業部屋と狭い寝室がある。

アレクシスは以前一度だけ来たことがある作業部屋に通された。そこには大きな作業机があり、周囲の棚には今まで彼が開発した魔導具が飾られている。作業机に開発中らしい魔導具が置いてあった。ずいぶんと大きい。一抱えある。

「これが新作なのか？」

「本物はもっと大きな物で、これは模型です。何か分かりますか？」

「馬車みたいだな。変わった形をしているが」

「これは馬がいなくても動くんです。ですから、馬の替えの心配もなく、長く走らせることができます。なんならかなり速く走らせることもできるんです」

「ほう……すごいな！　これが世に出たら、貴族はこぞって買うだろうな」

トリスタンは模型を弄《いじ》りながら動く原理を説明してくれる。

「いつも思うが、トリスタンはこんなアイデアを出せるのがすごいんだ。一体、どこからこういう魔導具を作ろうと思いつくんだ？」

「えーと……ほら、領地と王都の往復はけっこう時間がかかるじゃないですか。かといって、領地をほったらかしにはできないし。もっと簡単に移動できたらいいと思ったんです。そうしたら、ディアナが……」

そう言いかけて、彼は口を噤《つぐ》んだ。

「ディアナ嬢が？　どうしたんだ？」

「あ、いや、ディアナも馬が動力でなければ、もっと速く移動できるのにと言ってくれて」

トリスタンは何かごまかすようにそう言った。

「そういえば、ディアナ嬢はリール侯爵家の家業に少し関わっているという話をしていたな」

途端に、彼は眉を顰《ひそ》める。

「ディアナがそんなことを公爵に言ったんですか？」

「ああ。詳しくは話してくれなかったが」

「そうですか……」

彼は模型を扱う手を止めると、アレクシスに向き直った。

「あの……公爵。ディアナはリチャード殿下に卒業パーティーで断罪され、婚約破棄されたんですが、本当は何も悪いことはしていません。冤罪なんです」

「ああ、分かっているよ。彼女は誰かに嫌がらせなんかする人じゃない。優しくて素直で、とても真面目な人だ」

ディアナを称賛すると、彼は一瞬目を伏せたが、すぐにこちらをじっと見つめてきた。

「……よかった。公爵とディアナがどういうきっかけで知り合ったのか詮索はしませんが、彼女が噂のような悪女ではないと分かっていただけているならいいんです。父は冤罪をなんとか晴らしたいと陛下に働きかけています。ただ、何故か陛下はそのことに理解を示しておられるのに、具体的には何もしてくださらなくて放置されているんです。陛下はリチャード殿下の肩を持つおつもりなのかどうか……。公爵はどう思われますか?」

トリスタンは決然とした様子で、アレクシスに尋ねてきた。

ああ、そうか……。

新しい魔導具について意見を訊きたいというのは口実で、彼が一番訊きたかったのは、このことなのだろう。それなら、アレクシスもできる限り真摯に答えなくてはならない。

「ディアナ嬢のことは心配ない。冤罪は必ず晴らされる。でも、今回のことには黒幕がいて、そちらのほうも始末したいから時間がかかっているんだ」

「黒幕？　まさか、そんなものがいるなんて……」

彼は意外そうに呟《つぶや》いた。

確かにリチャードが愚かだから、アリサに夢中になっておかしな行動をしたというふうにしか見えないが、それだけではないのだ。

「このことは秘密にしておいてくれ。……そうだな。侯爵には話してもいいだろう。だが、黒幕の始末については、こちらがすでに動いているから、探ろうとしないでもらいたい」

トリスタンはアレクシスの気持ちが通じたのか、頷いてくれた。

「黒幕が誰かというのは……」

「残念だが、今のところは口外できない」

「分かりました」

彼はどうやら納得してくれたようだ。

「でも、一つだけ訊かせてください。公爵は……ディアナのことをどう思っていますか？」

これもまた妹想いのトリスタンならではの質問だった。彼女についてどう思っているか、ではなく、男として彼女をどう見ているのかが知りたいのだ。

彼女の母親にもそれとなく訊かれたものの、はぐらかした。けれども、トリスタンの質問にはきちんと答えなくてはならない。

「大事に思っているよ。とても大事にね」

彼はぱっと顔を綻《ほころ》ばせ、嬉しそうに笑った。

「そうですか！　だったら新しい魔導具についても、もっと詳しいことを話せますね！」

それはアレクシスがリール侯爵家と縁戚になるかもしれないからという意味だろうか。けれども、否定はしない。それどころか、こちらもトリスタンとはもっと仲良くしたいところだ。

「では、物置へ行きましょう。これの現物がありますから」

アレクシスは苦笑した。ここの物置は第二作業部屋で、かなりの広さがある。なんならこの研究室の建物より大きいのだ。

天才錬金術師の新作魔導具。試作品だろうが、どうやら自分が最初に見られるらしい。

アレクシスは胸を躍《おど》らせながら、トリスタンの後をついていった。

# 第五章　王都デートと甘い快楽

翌日の午後、ディアナは町娘の格好をして、アレクシスの迎えを待っていた。

町娘に変装して王都のあちこちを歩き回っていたことがあり、元々、変装用のドレスは持っていた。ドレスは脛《すね》くらいの丈で、紐《ひも》で調節できる胴着とオーバースカートを身に着け、髪色だけ変身魔法で黒に変え、一本の三つ編みにして胸元に垂らす。

それだけで、まったく別人だ。悪女と噂されたディアナの面影なんかどこにもないし、上品なマダム・リリアとも違う。

迎えに来たアレクシスは簡素な馬車でやってきた。彼はジャケットとズボンを身に着けていたが、古ぼけたもので肘に継ぎ当てがしてあり、なかなか芸が細かい。ひょっとしたら、誰かから借りてきたものかもしれない。帽子をかぶっていて、これでアレクシスだとは誰も思わないに違いない。

アレクシスは町娘姿のディアナを見て、目を細めた。

「よく似合う」

「あなたもよ」

貴族に見えない二人は馬車で王都に向かった。

馬車を降りると、二人は市場へ出かける。

「この姿で市場に行くのは久しぶり！」

ディアナは開放的な気分になっていた。

「変身魔法だけでなく、変装もよくするんだ？」

「だって、せっかくだから、いろんな体験をしたいと思いませんか？」

そう思うのは、自分が別の世界から来たからだ。貴族の生活もいいが、どうせなら庶民の生活も見てみたい。それに、ディアナにはいつか身分剥奪《はくだつ》されるかもしれないという不安がつきまとっていて、庶民の暮らしを見ておくのは大事なことだと思っていた。

いつ何時、何があっても対処できるように。

しかし、アレクシスにそこまで打ち明けられない。

わたしが前世を覚えているとか、ここはゲームの世界だとか……。家族に打ち明けるのだって怖かった。いくら親しくなったとしても、やはりアレクシスに言えない。

「普通、貴族の令嬢はそんなことは思わないんじゃないかな。特に裕福な侯爵令嬢となれば、庶民の服を着ることも耐えられないはずだ」

ディアナは学園にいた貴族の令嬢を思い出した。学園では貴族も庶民も平等だということになっていたが、実際に違っていた。あの気取った令嬢達が町娘の格好をして、市場に行ってみたいとはまったく思わないだろう。

リチャードとアリサも二人で街中をデートしていたようだが、大した変装はしていなかったし、逆に王子とその婚約者だということをアピールしていた。そして、行先は市場なんかではなく、貴族が出入りする店に限られていただろう。

「そういう意味では、わたしは少し変わり者なのかもしれません」

「まあ、それを言ったら、私も変わり者か。好きな女性と、変装して市場へ行こうなんて」

アレクシスは明るく笑って、ディアナの手を握ってきた。

手の温もりだけでドキッとするのは、何故なのだろう。ディアナは彼のほうを見ると、彼もディアナを見つめ、にっこり笑う。

「貴族だったら、街中でこんなふうに手を繋《つな》げないからね」

社交界では、気軽に手なんて繋げない。エスコートで手を取られることはあっても、当然、手袋越しだ。子供みたいにギュっと手を握られて、頬が火照りだす。

「ほら、また顔が赤くなる。君は正直だね」

「もう……揶揄《からか》わないで」

顔が赤くなるたびに指摘されるのは恥ずかしい。

「うん。分かった。もう言わないよ」

アレクシスは優しく囁くと、藍色の瞳を細めてこちらを見つめてきた。

まったく、ここが社交の場でなくてよかった。アレクシスは社交界では人気者だ。何しろ身分は高いし裕福だ。何より魔導騎士団の団長という役職についていて、魔法を使える者なら誰でも憧れる。独身で容姿端麗ということもあり、若い娘の花婿候補としても人気がある。

一方のディアナは悪名高い。その上、王子から婚約破棄されて、身分剥奪までされるという噂も流れている。

そんな二人が仲睦《むつ》まじくしているところを見られたら、どんな噂が流れることだろう。

想像しただけで恐ろしい。しかし、庶民の服を着た二人なら、貴婦人とすれ違ったとしても、気に留《とど》められることはないだろう。というか、目につかないのではないだろうか。身分が違うのは、やはりこの世界では大きなことなのだ。

市場に着くと、いろんな物が売買されていた。露店に並ぶのは主に野菜や果物、肉に魚といった食料品だが、お菓子や日用品もある。スーパーみたいなものらしい。

「ここに来れば、生活に必要なものはなんでも揃うみたい」

「そうだね。……あ、気をつけて」

ディアナはすれ違う人とぶつかりそうになり、アレクシスに抱き寄せられた。彼の身体に自分の身体が押しつけられて、ドキッとする。

「あ、ありがとう……」

照れてうつむくと、彼がクスッと笑うのが聞こえた。

「可愛いな。本当に」

「もう……また揶揄う！」

「揶揄ってなんかいないよ。それより、ほら……あれを見てみようか」

アレクシスが指差したのは、アクセサリーが売られている露店だった。黒い革紐《かわひも》につけられているペンダントトップは、宝石っぽく加工されたガラスや形を整えられた貝殻で、とても綺麗だ。

ディアナは貝殻の模様や色に不思議と心が惹かれ、そのひとつに見入った。すると、店主の男から声をかけられる。

「目が高いねえ。べっぴんの嬢ちゃんにピッタリだ。兄ちゃん、買ってあげなよ」

アレクシスはディアナが見ていたペンダントを手に取った。

「つけてみてもいいかな？」

「ああ。どうぞ」

アレクシスはその場でディアナにペンダントをつけた。留め具がないので、首の上からかけられただけなのだが、なんだか気恥ずかしくなってくる。

「素敵ね……」

「気に入ったかい？」

ディアナはこくんと頷いた。

「じゃあ、これをもらおう」

値段を聞いたアレクシスは硬貨を払った。

「ありがとう……！」

この服にまさしくピッタリ合う。アレクシスからの初めての贈り物だ。ディアナは喜びに胸がいっぱいになり、彼に笑いかけた。

「わたしもあなたに何か贈りたい。ここに来た記念に」

「え、君が？」

「そうよ。そのブレスレットなんてどうかしら？」

自分が買ってもらったペンダントと似た雰囲気の貝殻がついたブレスレットがあった。まるでお揃いみたいに見える。

「いいね！」

ディアナはポケットから出した小さな財布から小銭を店主に渡した。そして、彼の手首にブレスレットをつける。

二人で顔を見合わせてにっこり笑った。

一緒におしゃれなレストランで食事したときよりも、今のほうがずっとデートっぽい気がする。

「さあ、次は何か食べよう」

再び手を繋いで、露店の間を歩いていった。

ファストフードのようなものもある。貴族の食卓には絶対に並ばないであろう食事だ。肉の串焼きやハムを挟んだパン、クレープみたいなお菓子もある。それらを買い込んで、歩きながら食べると、前世に戻った気がした。

といっても、前世でも、男性と並んで食べ歩きなんて経験はしたことがないのだが。

「あそこに座ろうか」

アレクシスが石段を指差す。幅の広い石段で、並んで腰かけたとしても、端のほうなら通行の邪魔にはならないだろう。

二人で並んで、行き交う人を眺める。

荷車を引いている男性もいれば、数人で駆けていく子供達もいる。お腹《なか》の大きい女性は露店の店番をしながら大きな声で客引きをして、野菜を買う老女は値段の交渉をしていた。そして、ディアナ達のようにデートしている若い男女もいて、楽しそうに笑い合っている。

「ここは活気があるね」

「ええ。本当に」

これだけ王都の庶民が元気でいられるのは、国が安定しているからだ。戦争なんかが起これば、たちまち不況になる。日照りや寒冷などの天災にも、きっとしっかり対策しているのではないだろうか。

リール侯爵家の領地では灌漑《かんがい》工事を行い、農作物で収益が上がるようになっているが、王都にこれだけの食料品が集まっていることを考えると、それぞれの領地経営が上手くいっていて、なおかつ輸送も安全に行われているのだろう。

「王都はこうだけど、地方では貧しいところもあるみたいなんだ」

「そこは領地経営が上手くいってないんですか？」

「領主家族だけが贅沢《ぜいたく》に暮らしていて、庶民に我慢を強いているという場合もある。それから、先代から経営が上手くいっていなくて、新しい領主が改善したくても資金が足りない場合もあるんだ」

それは気の毒だ。領主が贅沢なのは論外だが、資金が足りなければ、農地改革もできないだろう。今や農業も専用の魔導具を導入しなければならない時代だ。その魔導具を購入するにも資金は必要だった。

「うちの領地は上手くいっているから、よその領地も同じだと思っていました」

この三年間、ディアナは学園に通っていたから、領地へは長期休暇にしか帰っていない。だが、いつ行っても、王都と同じように活気があり、領民は元気だった。

「リール侯爵家は魔導具で稼いでいるから、領地への還元も多いだろう。領地へ還元すれば、ますます豊かになる。けれど、逆に領地へつぎ込む金がなければ、収益も減るということだ」

「では、資金が足りない領地は何か副業すればいいんでしょうか」

「まあ、それができればいいんだが……。実際は借金をするんだ」

それでは、収益が上がれば借金の返済に充《あ》てられることになる。

「そして、お金を貸すほうはますます裕福になるんですね」

ディアナは着飾った貴婦人が宝石をいくつも身に着けているのを思い出し、つい憂鬱そうに呟いてしまった。すると、アレクシスがクスッと笑う。

「君はやはり普通の貴族の令嬢とは違うね」

前世は一般庶民なので、ついそちらの思考になってしまっていた。ディアナは慌てて咳払《せきばら》いをする。

「一応、わたしは服飾店のオーナーですから」

「そうだね。あの店は二年前——君が十六歳のときに出したわけだけど、最初から君がオーナーだったのかい？」

「最初は父の手を借りました」

当時、ディアナは確かに十六歳だったけれど、前世での記憶があるから、実年齢プラス二十歳分の経験があった。しかし、この世界での経験ではないから、父が店を出す手伝いをしてくれたのだ。

それでも、自分で一から作り上げたものもある。デザインには困らなかったし、縫製《ほうせい》の技術も持っていたものの、布地の仕入れについては奔走した。好みの布がこの世界にはなかったので、布の製作にも関わったのだ。

それだけのことをしたから、人気店にのし上がった。自分のデザインが受け入れられたのは確かだが、理由はそれだけではないのだ。他のどこにもない布、どこにもない装飾。いろんな店が真似《まね》をしたものだが、未《いま》だにディアナの店には及ばない。

もちろん、それは前世の知識があってのことだけど……。

だけど、ディアナが努力して手にした成果なのだ。

「十六歳から店を経営していたなんて、本当にすごいよ。学園に通いながらだろう？　しかも成績優秀で……」

成績のことはユリアスが話したのだろう。ディアナは褒められて頬を赤らめた。

「好きなことだから頑張れただけです。初めは自分が着たいドレスを作りたい一心だったけど、そのうちに、他の人にもその人に似合うドレスを作りたくなって……。お客様がわたしの考えたドレスを着て、嬉しそうにしているのが好きなんです」

「……確かに祖母の接客しているときの君は、楽しそうに見えたな。あのとき、君がディアナだと気づいて、どうして変身魔法を使ってまで店を出しているんだろうと不思議に思ったんだ。でも……そうか。好きなことだから、か」

アレクシスは彼の祖母に接するときのような優しい笑みを浮かべた。

「私も魔法が好きで、研究したくてたまらなかった。でも、魔塔《まとう》には所属したくなかった。錬金術にも興味があったし、何ものにも縛られず自由に研究したかった」

魔塔は魔法の研究機関だ。現在は魔法学園が魔法の才能を持つ者を集め、育成しているが、その前から存在している。魔塔に所属することになった卒業生もいたが、そこでは魔法を実践的に使うより、学問として扱うようだ。

いわば魔法の大学みたいなものだろうか。上下関係も厳しいようで、研究対象も限られる。アレクシスはそのことを不自由に感じたのだろう。

「魔導騎士団が創立される前は、確か王宮魔導師でしたよね？」

アレクシスは頷いた。

「一応、そういう肩書きはもらっていたが、陛下からは好きなようにやっていいと言われていたんだ。まあ、その代わり、陛下からいろいろ無茶《むちゃ》ぶりをされることになったわけだけど」

「無茶ぶり？」

何か難問を突き付けられたのだろうか。そう思ってディアナが問いかけると、彼はクスッと笑う。

「個人的に難しい頼み事をされるんだ。でも、自由の代償と思えば、そんなにつらいことでもない」

「魔導騎士団の団長というお仕事は、あまり自由ではないように思うけど……」

「そうだね。でも、魔導騎士団が創立されたばかりの頃より楽になったよ。組織作りをしっかりやっていれば、自分だけが動かなくてもいい。こうして自由な時間もできるということだ」

そういえば、彼は団長としての仕事を一日中やっているというわけではないようだ。実際に戦いの場に出るとなれば、また違うだろうが、今はそれほど忙しくはないに違いない。

「魔導具の開発も、魔導騎士団のお仕事なんですか？」

「証言や証拠を集める魔導具は必要にかられて開発したんだが、仕事というより趣味かもしれない。魔法の研究も結局は趣味だね。趣味を仕事にしている」

つまり魔法オタクなのだ。魔導具について熱心に話したりするところは、ディアナも共感できる。ディアナ自身も前世からオタク気質だからだ。

「じゃあ、わたしと同じですね」

「ああ。だから、こんなに気が合うんだろうな」

彼が優しい眼差しで見つめてくれている。気がつくと、二人は互いの顔を見つめ合っていた。

わたし……やっぱり彼が好き。

心が浮き立つのと同時に、こうして一緒にいると安心感を覚える。そして、彼もまた自分と同じように感じているように思えた。

アレクシスはぱっと立ち上がった。

「さあ、せっかくのデートだ。まだ日は落ちていないし、もう少し遊ぼう」

手を差し出され、ディアナはその手を握り、立ち上がる。

彼の笑顔が眩《まぶ》しかった。


一日デートした後は、二人で食堂に行った。

前に彼と食事をしたレストランとは違い、庶民が集まる食堂だ。少し汚い感じがする店で、テーブルと椅子は木製で、古びている。しかし、客はたくさん入っているし、みんなが大きな声で笑ったり話したりして、活気はあった。

変身魔法でいろんな所へ行ったことがあるディアナも、こうした食堂には足を踏み入れたことは初めてだ。けれども、アレクシスは慣れた様子で食堂の女将《おかみ》さんに挨拶をし、料理を注文した。

彼がお勧めだと言った料理はシチューだったが、侯爵邸の料理人が作るような繊細で気取ったものではなく、素朴なものだ。

木のスプーンで口に運ぶと、何やら懐かしい味がした。

懐かしいといっても、ディアナが今まで食べたことがあるものではない。しかし、前世で食べたものと似ている気がする。たとえるなら母の手料理みたいなものだ。

「おいしい……！」

思わずそう呟くと、テーブルの向こう側に座るアレクシスは嬉しそうに笑った。

「口に合ってよかった。君以外の貴族の女性だったら、店に入ることすら拒否しただろうな」

ディアナは彼が自分以外の女性とこうして一緒に座っているところを想像すると、なんとなく嫌な気持ちになってくる。

もちろん嫉妬だ。

「他の女の人とも来たことがあるんですか？」

「まさか。そもそもこんな変装をして会おうなんて、君以外には言ったことはない」

ディアナはそれを聞いてほっとした。たちまち肩から力が抜ける。

彼は自分より十歳は年上だ。今まで女性となんらかの付き合いがあってもおかしくない。だが、せめて、こんなデートをしたのは自分だけであってほしかった。

わたしだけを特別だって思ってほしい。我儘《わがまま》だけれど、そう思ってしまう。

それにしても、恋をすると、こんなに胸がドキドキして、頭の中がふわふわしてくるなんて全然知らなかった。

「ディアナを誘ってよかったな」

アレクシスはしみじみとそう呟く。

「わ、わたしも……誘ってもらってよかったです」

顔を赤らめながらそう言うのを聞いて、彼はクスッと笑った。

「敬語はもう使わなくていいのに」

「え、だって……」

彼は身分が高いし、年齢もずいぶん上だ。名前や愛称で呼ぶのも、なんだか抵抗があるくらいなのに、敬語を使わずに喋《しゃべ》ると、不敬な気がしてくる。

「いいんだよ。私がそうしてほしいんだから」

「……はい、分かりました。あ、あれ……？」

結局は敬語を使っている。混乱していると、彼がまた笑った。

「ああ、ごめん。無理しなくてもいいよ。自然にね」

「ごめんなさい」

ディアナは笑われて頬が熱くなった。

二人は他にも料理を頼み、お酒も少し飲んで、帰路についた。

ディアナが侯爵邸ではなく、店に泊まると言ったら、彼は眉をひそめる。明日は朝から店に出るつもりなので、泊まるほうが都合いいのだ。両親にもそう告げている。

「私はあまり君を一人にしたくないんだが」

「大丈夫です。保護魔法があるから」

そう言ったところで、彼の心配はなくならないようだった。

「念のため、誰も侵入していないか確かめさせてくれ」

アレクシスはディアナと一緒に店の出入り口から入り、三階まで上がっていく。三階のディアナの私室に足を踏み入れ、そこもすべて確認する。

「……大丈夫そうだな」

彼はわたしがここに泊まるたびに点検に来るのかしら。

そう思うと、おかしくなってくる。

やはりディアナはアレクシスのことが好きになっていた。

こんなに容姿端麗なのに浮ついたところはどこにもなく、優しくて心配性で面倒見がいい。そして、身分が高いのに驕《おご》ったところがどこにもなく、どちらかというと庶民的だ。というより、庶民のことも心配している。

好きにならずにいられない……。

ディアナはまだ彼と離れたくなかった。

少しだけ……あと少しだけ一緒にいたい。もっと話していたい。

「あの……お茶どうですか？」

彼は困ったような表情になった。

「うーん……一人暮らしの女性の部屋に留まるのはよくないと思うんだ。でも、少しだけなら……いいかな？」

彼もわたしとまだ一緒にいたいのかもしれない。

そう思うと、嬉しかった。

「じゃあ、そこに座っていてください。すぐお湯を沸かしますから！」

もちろん湯を沸かすのも魔導具だ。といっても、これは貴族の間でもメジャーな魔導具だから、きっと彼の屋敷にもあるだろう。

それでも、彼は気になったのか、結局ディアナについて厨房《ちゅうぼう》スペースへやってきて、魔導具が湯を沸かすのを見ていた。

「すごいものだね。火を使わずに湯を沸かしてしまうんだから」

電気ポットの要領で作ったもので、湯沸かし専門の魔導具なのだが、貴族の間ではかなり重宝されている。お茶会に招かれると、まず間違いなくテーブルの上にこれ見よがしに置かれているのだ。貴族ならば、この魔導具を所有していることが当たり前のことなのだろう。

お茶を淹《い》れ、ソファに座る。ここは一人暮らし前提の隠れ家で、人を招くつもりもなかったから、応接セットではなく、三人掛けソファが一脚と小さなテーブルが置いてあるだけだ。なので、ソファで並んで座ることになる。

向かい合って座るより、並んで座るほうがやはり距離が近くなってしまう。自分からお茶に誘っておいて、そんなことにも気づいていなかった。

でも、近くに座るのは嫌じゃないし……。

ディアナはお茶を口に運ぶアレクシスをちらりと見た。お茶を一口飲んだ彼もまたディアナのほうを見て、微笑む。

目が合うとドキドキしてきた。

「わ、わたし……ここでいつも食事をするんです。それから、ドレスのデザインを描いたり……。たまにウトウトしたり……」

「一人暮らしもなかなか楽しそうだね。でも、私は世話をしてくれる誰かがいないと、生活できそうにないな」

彼は元々王子なのだから、生まれたときから常に世話をする人に囲まれていただろう。といっても、ディアナも今世ではそうなのだが。

「君は料理もできるのかい？」

「ま、まあ、簡単な料理ですけど」

前世では便利な調味料やインスタント食品があったが、この世界にはない。だから、そんなに手の込んだ料理は作れない。だが、生活に困ることはなかった。

「ここは自分が生活しやすいようにいろいろ揃えました。小さな冷蔵庫もトリスタンに頼んで作ってもらいましたし」

「ああ、厨房にあったやつだね。大型のしか見たことがなかったから、気になっていたんだ」

さすが魔導具には目がないようだ。目敏《めざと》く見つけていたのだ。

「ドレスもメイドがいなくても一人で脱ぎ着できるようなデザインを考えたし、お風呂も簡単に沸かせるようにして……」

「ちょっと……待ってくれ」

彼は急にそう言うと、困ったような顔をしていた。心なしか頬が赤い。

「え？　どうしたんですか？」

「いや……着替えだとか風呂だとか、そんなことを言われたら想像してしまうじゃないか」

何気なく話していたことなのだが、確かにそうかもしれない。ディアナは指摘されて、初めてそれに気がついた。

「ごめんなさいっ」

「君がそういうつもりじゃないのは分かっているよ。こちらの問題なんだということは。……ごめん。急に話を止めて驚いたよね？」

そう言いつつも、彼は額《ひたい》を押さえていた。貴族の世界では女性は慎み深いのが美徳とされている。

きっと彼を困惑させてしまったのだろう。

「わたしはただ一人暮らしでも、そんなに困らずに生活できると言いたかっただけなんです」

「うん。分かってる。私がよこしまな考えを持ってしまっただけだということは」

彼はまだ平静に戻っていないようで、手でパタパタと自分の顔を扇《あお》いでいた。それを見ていたら、急に年上の彼が可愛く思えてきた。

だって、わたしより十歳も年上なのに、少年みたいだから。

「あなたがよこしまなことを考えていたなんて意外です」

いつも泰然としていて余裕がある態度をしていたのだ。まさかこんな些細《ささい》なことで動揺するとは思わなかった。

「どうして？　私だって普通の男だよ。好きな女性には弱いんだ」

「でも、全然そんな感じに見えなかったから」

「……不思議だね。私は君と会うときは、自分を抑えるのに苦労しているのに」

不意に、ディアナは肩に手を回された。そして、ぐいと抱き寄せられる。

「あ……」

彼の温もりが感じられて、胸の鼓動が跳ね上がった。

「君が好きでたまらない。だから、本当はいつも抱き締めたくなってくる。キスをして、それから……いや、よくないな。こういうのは」

彼はそう言いつつ、離れていこうとする。だが、ディアナは離れたくなくて、その腕にしがみついた。

「ディアナ……？」

「……あの、まだここにいてほしいです……」

自分の言葉が相手にどう聞こえるのか、分からないわけではない。引き留めたがっていることはすぐに分かるだろう。

それに……キスしてもらいたい。

今まで二度キスをしてもらった。最初は触れるだけのキス。二度目は貪られるようなキス。

それなら、三度目のキスは……？

もっと触れ合いたい。体温を感じたい。キスをしたい。彼の情熱を感じてみたい。

そんな考えが頭に渦巻いている。

よくないことは分かっている。しかも、今、二人きりの空間にいるのだ。この選択がどこに繋がるのか、予想はつく。

「ディアナ……」

彼は紳士的だ。ディアナがしがみついても、何も行動を起こそうとしない。ギリギリまで我慢しようとしているのだろうか。

ふと、ディアナは自分の行動が正しいのかどうか分からなくなっていた。

ひょっとして、わたしが彼の気持ちを誤解しているだけなのかもしれない。当然、彼もわたしにキスしたいのだとばかり思っていたけれど、もしそうじゃなかったとしたら……。

ディアナはなんだか急に恥ずかしくなってきて、しがみついている手を離そうとした。

でも、今度は彼のほうが抱き寄せてくる。

あっという間に唇が塞がれていた。舌が差し込まれ、ディアナの口の中をかき回していく。ディアナは目を閉じて、その感覚を存分に味わった。

だって……キスしてもらいたかったから。

昨日キスされたときから、ずっとそうしてもらいたかった。ディアナも彼の背中に手を回して、舌を絡めていく。

徐々に身体が熱くなってくる。最初は胸の奥が熱いだけだったのが、気がつくと下腹部から熱が広がっていくような感覚を覚えた。

彼の手が背中を撫でる。ディアナは彼に身を任せるように力をすっと抜いた。自分がどうなるのか不安もあったが、それよりこの時間がもっと長く続いてほしいと思った。

背中からウエスト辺りに触れられたかと思うと、すっと乳房の脇を撫《な》で上げられる。

ドキン。

鼓動が跳ね上がったけれど、ディアナは嫌な気持ちはしなかった。

もっと……触れてほしい。

彼から離れたくない。

もっともっとくっついていたい。

しかし、そう思っていたのに、唇は離れた。

「……悪かった。つい……触れたくなってしまって……」

彼も離れたくなさそうだった。というより、離れるのがつらそうだったのだ。

それなら、いっそ……もっとキスして。

思わずディアナは自ら彼の身体に擦り寄るような仕草をした。すると、途端に強く抱き締められる。

まるで自分の想いが通じたような気がして、ディアナの頭の中はふわふわとしてきた。

「ごめん……。どうしても君に触れたいんだ」

彼はそう囁くと、ディアナの身体をソファに横たえた。そうして、再び唇を合わせてくる。

身体がさっきより密着している。ディアナも彼の髪に指を差し入れて、その感触を味わいながらキスを交わした。

胸が喜びでいっぱいになっている。

好き……。大好き。すごく好き。

そう思うたびに、喜びが大きくなっていく。

本当は未婚の女性がこんなことをしてはいけないと知っている。前世ならいざ知らず、この世界ではそうだ。まして貴族の世界では。

でも……我慢できないの。

今、彼と離れることなんてできない。

彼の手は服の上から胸のふくらみに触れてきた。いやらしい触り方ではなく、乳房を覆うように手を重ねているのだ。

わたしの鼓動が彼に伝わっている……？

わたしがこんなにもドキドキしていることが分かるかしら。

でも、バレてもいい。いや、知ってほしい。彼と抱き合い、キスすることで、こんなにも昂《たかぶ》っているのだと気づいてもらいたい。

「ああ……ディアナ……」

彼はディアナの顔中にキスを降らしてきた。

愛《いと》しくてたまらないみたいに。

額に瞼《まぶた》、頬から鼻、顎にかけて、たくさんキスをしてくれる。もちろん唇にも。

キスは顔だけではなかった。首筋にも唇を這《は》わせられて、ビクンと身体が震えた。

「……感じてる？」

「わ……分からない……。身体が勝手に動いてしまったの」

「それを感じるって言うんだよ」

男女の営みについて前世で知識は持っていた。ただ実際にそれを試す機会などなかったから、何もかも初めてのことだった。

唇以外へのキスに、自分がこんな反応をするなんて……。

でも、全然嫌じゃない。

胸がドキドキしていて、身体が火照りだす。

もっとキスされたら、わたしはどうなるんだろう。

そんな考えが彼に伝わったかのように、何度も首にキスをされた。その度に、ディアナは身体をビクンと震わせる。ドレスが上からかぶるタイプのもので、襟ぐりが広いから、首どころか胸に近いところまでキスをされた。

「う……ん」

自分の唇から熱い吐息が洩《も》れる。言葉を発したわけでもないのに、何故だか続きをせがんでいるように聞こえてきて、恥ずかしくなってくる。

彼はふとディアナが着ている胴着の紐を解き始めた。その下にはドレス、そしてその下にはシュミーズしか身に着けていない。いつもはつけているコルセットも今日はないから、なんだか無防備な気分になってくる。

胴着の紐が解かれると、左右に開かれる。改めてドレスの上から胸のふくらみに触れられた。

「あ……」

乳首が敏感になっているのか、衣類に擦れて快感が込み上げる。

やだ。恥ずかしい。

ディアナは大きく息をしたが、呼吸するときに彼の手が上下に動いて、余計に触れられていることを意識してしまった。

彼の指が乳首を見つけて、ゆっくりと撫でていく。

「そんな……ぁっ……」

瞬間的に身体の芯がカッと熱くなる。それから、ゆっくりと全身にその熱が広がっていった。初めての感覚に、ディアナは戸惑いを覚えてしまう。

だって、服の上から胸を触られているだけなのに。

これ以上のことをされたら、自分はどれほど乱れてしまうのだろうか。予想もつかなかった。

「顔を真っ赤にして……本当に可愛いな。愛しくてたまらない……」

アレクシスはディアナの表情を見つめながら、そんなことを呟いた。

愛しくてたまらない……って。

恥ずかしいけれど、そういった言葉が聞けて、心が浮き立つ。彼の瞳に嘘はない。口先だけでそう言っているのではないのだ。

ディアナの胸に快感だけでなく、喜びが広がる。

彼の手はドレスの上に身に着けているオーバースカートを取り去った。ディアナは少し不安もあったが、彼を止めなかった。

だって、彼のすることをすべて受け止めたいから。

貴族の常識では、未婚の女性はこんなはしたないことをしてはいけないのだが、今のディアナは常識より感情を優先させたかった。

もっと彼に抱き締められたい。もっとキスをしたい。もっと触れてもらいたい。

身体の快感だけを求めているのではない。ただ、彼の心の奥底にあるものと親密に触れ合いたかったのだ。

それは彼への信頼感があるからだ。彼が決してディアナを害したりしないことを信じている。それどころか、きっと守ってくれるだろう。

だから、もっと……したいの。

ディアナは決してそんなことを口にはしなかった。けれども、彼を見つめる瞳に気持ちを込めた。

彼もまたディアナを見つめている。

なんて優しい眼差しなんだろう。

見られているだけで、気持ちが高揚してくる。

「……ベッドに連れていっていいかい？」

静かな問いかけに、ディアナは小さく頷いた。

アレクシスはディアナを抱き上げ、寝室のベッドに静かに下ろした。

ベッドはゆっくり眠れるようにと、自宅の寝室と同じサイズのものを置いている。二人で横になっても、十分な大きさがあった。

彼はディアナの靴を脱がせた。いつもならガーターと絹の靴下をつけているが、今日は町娘のつもりだったので素足のままだ。彼はディアナの足をそのまま撫で上げた。

「あ……やっ……」

下着はドロワーズで、前世のショーツより丈が長い。それに触れられて、ディアナの身体はまたビクンと震える。

「どこに触れても感じるんだね」

「だ、だって……」

「いや、いいんだよ。そういう君がいいんだ。うぶで敏感で……可愛らしい」

彼はディアナの反応を気に入っているようだ。

「ああ……もっと触れたいんだ……。もっと君が感じるところが見たい……」

ディアナはドレスを脱がされたけれど、抵抗ひとつしなかった。残るは薄いシュミーズとドロワーズのみだ。生地が薄すぎて、乳首が透けて見えるだろうか。ディアナは思わず両腕で胸を守る仕草をしたのだが、彼はそれを優しく退けた。

「隠してほしくないな」

「……恥ずかしいから」

「ココだってこんなに可愛いのに？」

彼はシュミーズの布地の上から乳首を指でつついた。

「あん……っ」

淫らな声が響いて、ディアナは顔を真っ赤にした。彼はそれを見て低く笑う。

彼は続いて布地の上からそこにキスをした。ディアナは思わず息を呑《の》んだ。

だって、初めてのことだから。いや、もちろんこういった行為の中で、胸にキスをすることだってあるのは分かっている。だが、知識があるのと、実際に体験するのとでは全然違う。

彼はとうとう我慢できなくなってきたのか、シュミーズも脱がせてしまった。最後の砦《とりで》がなくなり、ディアナは狼狽《うろた》える。彼はそれにも構わず、恭《うやうや》しい仕草で両方の乳房を両手でそっと包み、胸の中央にキスをしてきた。

「アレク……っ」

「君の心臓の音が聞こえる」

彼はディアナの乳房に頬を擦り寄せて、そう囁いた。

もう……どうしよう。彼の仕草ひとつひとつに、ときめきが止まらない。

胸元にディアナの長い髪がひと房かかっていた。彼はそれを摘むと、そこにキスをする。

「元の髪色に戻してくれないか?」

そういえば、変身魔法で髪の色を変えていたのだった。ディアナは元の銀色に戻した。すると、彼はそれを見つめて、愛おしそうに唇をつける。

「君のこの髪を初めて見たときから、ずっとこうしてみたかったんだ」

初めて会ったときは、あの卒業パーティーのときだ。ぶつかりそうになって、ほんの少し言葉を交わしただけだったのに、そんなことを思ったのだろうか。

ああ、でも……。

わたしは彼とそれまで会ったことがなかったけれど、彼のほうはわたしを知っていたはず。

そのときのディアナはリチャードの婚約者だったのだ。当時は決してこんなふうに結ばれることのない相手だった。

リチャードがアリサに夢中になってくれてよかったのかもしれない。

そうでなければ、今頃、結婚式の準備をしていた。リチャードの叔父である彼に紹介されて、会うことはあっただろうけど、そうでなくてよかった。

ゲームどおりになるという運命に翻弄されていて、学園にいたときのディアナは本当につらかった。

しかし、運命を覆そうとしてあがいたことで、自分はアレクシスと結ばれようとしている。

この先、自分はどうなるかまた分からない。もし貴族の身分が剥奪されれば、彼と結婚なんて絶対にできない。

でも……今、こうして二人でいられることに幸せを感じている。

この先どうなろうとも、後悔なんてしない。

突然アレクシスは片方の乳首に唇を寄せて、舌で舐《な》めた。

「え……あっ……！」

キスはされそうだとは思っていたが、舐められるとは思わなかった。舌で転がすように舐められて、その感覚に驚いてしまう。

なんて気持ちがいいの……。

わずかな刺激だというのに、快感が身体中に走る。

「んっ……やぁ……ぁっ」

ディアナは無意識のうちに身体をくねらせた。こんな反応をしているのが、自分でも恥ずかしい。こんなにも感じているところなんて、本当は見せたくなかった。

やがて、彼は乳首を唇で包んだ。温かく湿った感覚の中、再び舌で舐められる。しかも、もう片方の乳首は指で弄られた。

疼《うず》くような快感が身体の奥までズンと響いたような気がした。そうして、その快感は次第に大きくなっていく。

「あん……はぁっ……ぁっ」

甘く乱れた声が寝室に響いた。

恥ずかしいけれど、自分では止められない。快感はどこまで大きくなっていくのだろう。気持ちいいのに、何故だか苦しくなってきてしまう。

だけど、彼はまだ解放してくれない。

いや、ここで止められるのも嫌だ。自分がどうなるのか不安もあったが、行くところまで行きたい気持ちもあったのだ。

ただ、こんなに乱れている自分が恥ずかしいだけ……。

もう片方の乳首にも、彼は同じようにキスをして舌で転がしていく。

胸への刺激だけで、ディアナは感じすぎて息絶え絶えになっていた。彼が顔を上げたとき、ディアナは息を整えるのがやっとだった。

アレクシスは前髪をかき上げ、こちらの顔を見つめる。

目が合い、微笑まれる。しかし、彼の表情からはいつもの余裕がない。

ああ……彼もいつもの彼じゃなくなっている。

淫らになっていたのは自分だけだと思っていたが、愛撫《あいぶ》するほうの彼も本当は似たような感覚に陥っていたに違いない。

彼はゆっくりとディアナのお腹にキスをした。ビクンと身体が揺れる。唇はすっと下へと滑っていき、ドロワーズの穿《は》き口に到達する。

彼はドロワーズの紐を解き始めた。

「あ……あの……」

止めたかったけれど、止めてしまったら彼はこのまま帰ってしまうかもしれない。

そうよ。止めちゃダメ。

でも……恥ずかしい。

ドロワーズがゆっくりと引き下ろされた。自分の下腹部が彼の目に晒《さら》されてしまい、ディアナは思わず息を呑んだ。

足首から引き抜かれて、一糸まとわぬ姿となる。

「綺麗だ……」

アレクシスは掠《かす》れた声で囁くと、恭しく裸の腰に触れてきた。

「あ……」

小さな声しか出せない。

心臓はドクドクと脈打っていて、喉がカラカラに渇いていた。頭の中まで熱くて、まるで熱に浮かされたようになってしまっている。

やがて彼は身を起こすと、服を脱ぎ始めた。ディアナはそれをぼんやり眺めていたが、彼の肌が露《あら》わになると、ドキッとする。

自分だけ裸で、彼だけが服を着ているのはおかしい。けれども、彼までもが裸になったら……。いろんな妄想が頭に浮かぶ。しかし、止めることもできない。自分はただ見ているしかできないのだ。

彼が上半身裸になる。

贅肉《ぜいにく》なんてまったくない引き締まった身体つきを見て、ディアナは触れたくなってくる。過剰に筋肉がついているわけではないが、痩せてもいない。細身ながらもガッチリとした体格だった。

アレクシスはその格好のまま、ディアナの太腿《ふともも》にそっと触れてきた。

「やぁ……んっ……」

今の自分は恐らくどこに触られても、こんな甘い声が出てしまうだろう。もう自分を止められないところまで来ていた。

恥ずかしいけれど、もっと触れてほしい。どこにでもキスをしてほしい。

その想いが通じたのか、彼は太腿に唇を触れさせた。

ビクンと身体が大げさに跳ねる。

彼は太腿を撫でながらキスをしてきた。それから、スッと内腿《うちもも》のほうに手を差し入れてくる。ディアナは彼のされるままになっていたで、両脚をしどけなく開くことになった。

わたし……何をしているんだろう。

自分の格好を見ていたくなくて、いつの間にか目を閉じている。でも、だからこそ、感覚が鋭敏になっていて、彼の手やキスに過剰に反応していた。

「はぁ……ぁ……」

両脚をもっと広げられ、内腿にキスを感じる。

吐息みたいな声が洩れた。

すると、今度は秘所に触れられる。

「あ……っ」

指一本だけで探られてディアナは身体を震わせた。本当にわずかな刺激なのに、触れられた部分が蕩《とろ》けてくるのを感じる。

「すごく……濡《ぬ》れているね」

「あ……だって……」

何か言い訳がしたかった。感じていることを揶揄われた気がしたからだ。けれども、彼にそんな意図はなかったらしい。

「いいんだよ。これは君が感じている証拠なんだから……。もっと濡れていいんだ……」

彼もまた吐息みたいな囁きを繰り返している。

秘部を指で何度もなぞられて、とろりと蜜が溢《あふ》れ出《で》てくるのを意識した。彼の指が花弁をかき分けるように内側に滑り込んでいく。内壁を擦られる感覚に、ディアナは腰を震わせた。

こんなの、初めてだから……。

「優しくするからね」

その言葉どおり、彼は優しくその指を動かした。

最初は違和感があったのだが、そこを弄られているうちに違和感は消えていく。それどころか、かすかな快感みたいなものを感じるようになってきて……。

同時に、彼はすごく敏感な部分にも触れてきた。

「ああっ……！」

鋭い快感に身体を貫かれ、大げさに揺れた。全身どこにでも反応をしていたが、そこが一番感じる場所だったのだ。そこを指で弄られるたびに、腰がビクビクと震えていく。

やがて彼は指だけでなく、舌でもそこを刺激してきた。

「ぁ……あぁん……ぁんっ……」

唇からはひっきりなしに淫らな声が洩れている。止めようとしても止まらない。これが素直な反応なのだ。

頭の中が熱に浮かされたみたいに、もうわけが分からなくなってくる。

舐められている部分も熱くてたまらなくて……。

秘部には指が埋められていて、先ほどより大胆に動かされている。でも、もうそれさえも耐えがたいほどの快感を覚えていた。

ディアナは高みに押し上げられて、全身を強張《こわば》らせる。すべてが真っ白になるくらいの快感が頭まで貫いていった。

「あぁあっ……！」

甘い余韻が広がり、身体から力がふっと抜ける。アレクシスは顔を上げ、指を引き抜いた。

一瞬、安堵《あんど》したけれど、これで終わりじゃないのはすぐに気がついた。彼が下半身を覆っていた衣類を脱ぎ始めたからだ。

彼が下着を取り去ったとき、ドキンとする。

ディアナが初めて目にするものがそこにあった。

「あ……」

慌てて目を逸《そ》らす。顔が自然と赤くなってしまった。

「……ごめん。でも限界なんだ」

彼の気持ちも分かる。自分だけ気持ちよくなってしまった罪悪感もある。ただ、どういう反応をしていいか分からなかったので、ディアナは小さく頷いた。

「君は優しいね」

彼はディアナを抱き締めると、口づけをしてきた。

肌が触れ合い、温もりに包まれる。ディアナはもちろんそれも初めての経験だったが、心地いいと思った。

これも彼が相手だから……。

他の人じゃなく、アレクシスだから。

ディアナはおずおずと彼の背中に手を回した。しっかりと抱き合うと、穏やかな気持ちになれた。彼になら、自分の何もかもを預けることができる。

誰よりも彼を信じているから。

男性として彼のことが好きだから。

彼は唇を離した。

「愛しているんだ……ディアナ」

その囁きに、胸が高鳴る。

だから、後悔しない。

ひょっとしたら情熱に突き動かされているだけで、自分は今、理性的な判断ができないでいるのかもしれない。

それでも、後悔しないはずだ。

「わ、わたしも……」

愛してる、と言いたかった。けれども、その前に再び唇が塞がれ、舌を絡めとられる。口づけを交わしていくうちに、気がつくとまた身体の中が熱くなっていくのを感じた。

そして、さっき弄られていた部分が蕩けてきてしまう。

やだ。わたし……。

自分の反応に戸惑いながらも、ディアナは彼の愛撫を求めていた。

だが、彼は唇を離すと、ディアナの両脚を大きく開いた。

「あ……」

彼の股間でそそり立つものが秘部に当たっている。ようやくディアナは彼が何をしようとしているのか理解した。

「力を抜いて……。ゆっくり……優しくするから」

彼の言葉に頷いた。

そう。力を抜いて……。

でも、痛みはある。ディアナは目をギュッと閉じた。少し我慢しなくてはならないことは、よく分かっていたからだ。

わたしに前世の記憶がなかったら、怖かっただろうけど。

彼が自身を収めきると、痛みは和らいでいく。

ディアナが目を開くと、彼が心配そうに見つめていた。

「大丈夫？」

ディアナは頷き、少し微笑んだ。彼はほっとしたように抱き締めてきた。

「私を拒絶しないでくれてありがとう」

拒絶なんてするはずがないじゃないの。

ディアナはそう思ったが、二人は結婚どころか婚約さえしていないのだ。この世界では未婚の貴族の女性はなかなかこういう行為をしないのだろう。

だけど、わたしは彼に抱かれたかったんだから……。

その気持ちを表すように、彼の背中に手を回した。掌《てのひら》を滑らせると、滑らかな肌の下に力強い筋肉の存在を感じる。

優しくて頼りがいのある人。わたしを絶対に守ってくれる人。

そして、そんな人にわたしは抱かれている。

ディアナは喜びに浸りながら、彼を抱き返した。

「ああ……ディアナ……！」

感極まったかのように、アレクシスは名前を呼んだ。

わたしを愛しているという言葉に、きっと嘘はないはず。

彼は唇を重ねた。

身体の奥で繋がりながら、唇を交わす。ディアナは二人がひとつに溶け合うような気がした。

やがて唇を離した彼は、そろそろと動き始める。彼が動くと、自分の中にいる彼自身も動いた。内壁を擦っていき、最奥まで突き入れられる。

「あぁん……っ」

最初は鈍い快感だった。が、徐々に疼くような快感に変わっていく。

ディアナは突かれるたびに、恥ずかしい淫らな声を上げていた。止めようにも止められない。快感はどんどん大きくなっていくのだ。

思わずシーツをギュッと掴《つか》んだ。

「や……だ。わ…わた……し……っ」

どうにかなってしまいそう。

頭の中まで沸騰したような熱くなっている。

もう自分の内部に渦巻く快感のことしか考えられなくなっていた。

彼が強く抱き締めてくる。ディアナは彼の首にしがみついた。

肌が擦れ合う。息が弾む。

身体の熱が再びせり上がっていくような感じがして……。

「あぁぁっ……んっ……！」

奥までぐっと突き入れられて、ディアナは絶頂を迎えていた。

彼もまたディアナを抱き締めたまま熱を放つ。二人はそのまま抱き合いながら、互いの激しい鼓動をただ感じていた。

ディアナはずっと抱き合っていたかった。

彼のことを愛おしく感じるから。

いっそ抱き合ったまま溶けていきたかった。それくらい、彼のことを好きになっていた。

しかし、やがてアレクシスはそっと離れた。ディアナは引き戻したかったけれど、少し冷静になっていたので、そんな行動は取らなかった。

「……身体は大丈夫だった？　痛くない？」

目を見つめてそう尋ねられて、ディアナの心は温かくなった。

心配してくれる彼の気持ちが嬉しい。

「大丈夫よ。少し痛かったけど、今は……」

その答えに、彼はほっとしたように微笑んだ。

「君が欲しくて……我慢できなかった。ただ、私の気持ちは真剣だし、すべてのことが片づいたら、改めて結婚を申し込みたい」

ディアナは顔を赤らめて、そっと頷いた。

順番が違うのは理解している。婚約解消はされているものの、まだ自分の名誉は回復していないし、これから自分がどうなるのかはっきりしない立場だ。だから、結婚なんて今は考えられないと思っていた。

でも……こうなった以上、自分に他の選択肢はない。

とはいえ、それが嫌なわけではない。それどころか、今はアレクシスへの気持ちが高まっている。

もちろんそうでなければ、彼のことを拒否していただろう。

こうして抱かれたのだから、ディアナも彼と結婚したい気持ちがあったということだ。

わたしは何も後悔したりしないわ。

ただ……。

そう思いつつ、この世界での常識に照らし合わせると、間違ったことをしている気がしてくる。少なくとも、誰かに知られたら、非難されることなのだ。

それでも、ディアナは彼に抱かれたかったのだが。

彼もきっと同じ想いだろう。

ディアナは彼の目を覗《のぞ》き込《こ》んだ。すると、彼は安心させるように微笑んできた。

「本当はこのまま君を抱いて眠りにつきたいくらいだけど……。馬車も待たせているし、そんなことはできない。だから……」

「あ……」

アレクシスはディアナの胸元にキスをした。

彼は痕《あと》など残さなかったけれど、見えない印をつけられた気がした。

「愛してるよ」

彼はまるで何かの呪文のように囁き、身を起こした。そして、名残惜しそうにしながら、服を身に着ける。

ディアナもだるい身体を起こして、なんとか服を着た。

「ごめん。見送りなんていらないと思ったけど、君は戸締りをしなきゃいけなかったね」

「いいの。本当に大丈夫だから」

ディアナは彼について一階まで下りた。

アレクシスは出入口の扉に手をかけて、振り向く。

「仕事の関係で、これから忙しくなってしばらく会えないかもしれないけど、何も心配はしないでくれ。また連絡するから」

「ええ。待ってるわ」

彼は短いキスをすると、すぐ離れた。ディアナはもっとキスをしたかったが、いつまでもくっついているわけにはいかないことは分かっている。

「私が出ていったら、すぐに戸締りをして。保護魔法も忘れずに」

彼はなかなか心配症のようだ。

ディアナは彼の言葉どおり、扉が閉まると鍵をしめ、それから保護魔法をかけた。しばらく待っていると、馬車が遠ざかる音がする。

その音を聞いて、ふと淋《さび》しくなってきた。

確かにこの世界では一人きりでいることにそれほど慣れてはいない。けれども、前世では普通のことだった。

だから、一人で淋しいなんて感じたことに驚いてしまう。恋したら、こんなふうになるものなのだろうか。

今まで恋愛経験なんてなかったら、よく分からない。だけど、自分の心がコントロールできなくなるのは少し怖かった。

「でも、わたしは大丈夫……」

ディアナはそんな独り言を呟きながら、アレクシスのことをぼんやり思い返していた。

＊＊＊

アレクシスは馬車に乗りながら、ディアナのことを考えた。

彼女と親しくなりたい、というより、もっと親密になりたいとは思っていた。けれども、こんなに性急に関係を進めるつもりはなかったのだ。

まして、正式な結婚の申し込みもまだだというのに……。

だが、二人きりの空間にいて、我慢が利かなかった。最初はキスだけの予定でいたのに、彼女の反応があまりにも可愛らしくて、気がついたら止めることができなくなっていた。

そして、彼女も自ら進んで身を捧《ささ》げてくれた。

といっても、それは言い訳にしかならない。紳士たるもの、そこで我慢するべきだ。しかし、自分でもどうにもならない想いにかられてしまった。

ディアナが学園に入学してきてから、ずっと見てきた。初めはリチャードの様子を観察するついでだった。気がつくとリチャードに蔑《ないがし》ろにされ、なおかつ罠《わな》にかけられたように他の生徒からも遠巻きにされる彼女に同情的になっていた。

教師として声をかけ、休憩時間でも独りぼっちの彼女に自分の雑務を手伝ってもらうようになり、二人で過ごす時間が増えた。

彼女の外見はどこか冷たく見えがちだった。美人すぎるせいだろうか。それとも、やや釣り上がった目のせいなのか。

けれども、彼女の内面はまったく違っていた。優しくおとなしい優等生。それがアレクシスの見た彼女だった。噂のような嫌がらせなんかできないに違いない。時々、リール侯爵家の家業である魔導具作りの話を振ると、急に生き生きと話しだし、そんなとき、本当の彼女を知ったような気がした。

そうして、いつしか彼女に惹かれていった。

もっとも、当時は教え子でもあったし、何より甥の婚約者だ。不埒《ふらち》な想いに発展しないように、自ら戒めていた。

だから……なのかもしれない。

リチャードと婚約解消に至った今だからこそ、彼女に近づきたくてたまらなかったのだ。

ディアナがマダム・リリアであるという秘密を知り、一層、彼女のことをもっと知りたくてたまらなくなった。

自分が思っていたより、彼女はずっと神秘的だ。もしかしたら、これ以上の秘密も持っているのかもしれない。

たとえそうだとしても、彼女を嫌いになることはない。それどころか、ますます好きになってしまうだろう。

アレクシスはそう確信していた。

とにかく、彼女を抱いたからには、早急に結婚に漕《こ》ぎつけなくてはならない。今のところ、自分とディアナが接近している事実を知るのは、リール侯爵家の面々だけだ。しかし、使用人の間で噂が流れることもある。社交界に妙な噂が流れる前に決着をつけるべきだ。

アレクシスはディアナの笑顔を思い出し、微笑みを浮かべた。

彼女と幸せな家庭を築くのが楽しみだった。

ただ、今のところ、アレクシスは自分がユリアスだったことを彼女に告げていない。実を言えば、このまま何も言わずにユリアスとしての自分は消え去るつもりだったが、彼女を騙《だま》していたようで少し気が咎《とが》めている。

結婚するなら、秘密を作るのはよくない。それに、自分が彼女の秘密を知っても、嫌いにならないのであれば、彼女だってきっとそんなことで怒ったりしないだろう。たぶん……。

しかし、それなら、いつか告白すべきなのか……。

ともあれ、それより以前に、例の件を片付ける仕事が待っている。

まずはディアナの潔白を証明する。そうして、リチャードとアリサのこと、アリサの黒幕を処理する。下調べは部下に任せていたが、これからは自分も動かなくては。

ディアナのことを放っておきたくはないが、これも少しの間だけだ。あまり自分が接触していると、彼女に危険が及ばないとも限らない。

変身魔法を使えば大丈夫だと思いつつも、やはりここは仕事に集中しよう。

早く片づけば、早く結婚できる。その日を楽しみにしよう。

アレクシスはまたディアナのことを心に思い描いていた。

# 第六章　誘拐されたディアナ

翌日からディアナは再び店に出て、仕事を続けた。

夜は一人暮らしの部屋で過ごすようにしていたが、あれからアレクシスは訪ねてきてくれなかった。

いや、彼は仕事で忙しくなると言っていたから、来なくても仕方ないとは思っていたけれど、少しだけ期待していたのだ。

あれから一度だけ短い手紙は届いた。どうやら仕事のために王都を離れるらしい。ということは、本当にしばらく会えないのだろう。

残念だったが、仕事ならば仕方ない。それに、短くてもわざわざ手紙をくれたということは、彼がいつもディアナのことを想ってくれているという証拠でもある。いや証拠などなくても、彼のことを信じている。

でも、本当は会いたい。顔を見たい。

ううん。抱き締めてもらいたい。キスをしたい。もっと彼の心を確かめたい。

正直なところ、信じていると言いつつ、会えないでいると心が揺らいでしまう。年齢も離れているし、ディアナなんて婚約破棄された上、冤罪までかけられている。厄介な女だとしか思われても仕方がないのだ。

昨日、アレクシスの祖母が仮縫いのために来店したが、彼は付き添ってはこなかった。さり気なく彼のことを尋ねてみたのだが、やはり仕事が忙しいからと言われた。

そうよね……。魔導騎士団の団長だものね。

忙しいに決まっている。だから、手紙を大切にして、彼が王都に帰ってくるまでおとなしく待つのが正解なのだろう。

ディアナは気分転換しようと、店が終わってから侯爵邸へ向かうことにした。

侯爵邸と店への往復については、目立たない馬車を使っている。まず侯爵邸に手紙を出し、幼い頃からよく知っている御者に馬車を持ってきてもらう。それにマダム・リリアとして乗り込み、馬車の中でディアナに変身するのだ。

これはディアナとマダム・リリアが同一人物だとバレないようにするためだ。わざわざそんなことを探る人がいるとは思えないが、万が一、誰かに気づかれると面倒くさいことになる。

貴族の令嬢が金儲《かねもう》けに関わっているのは、社交界では外聞が悪いということもあるが、今やディアナの悪評が出回っている。ディアナがマダム・リリアだという噂が広がると、今度は店の経営状態に関わってしまうのだ。

今となっては、こんなふうにコソコソするのが嫌になってきていた。もちろん嫌になったからといって、仕事を辞めたくはない。まだまだ素敵なドレスを作りたいし、自分がデザインしたドレスをみんながが身にまとって、喜んでくれるのが嬉しいからだ。

それでも、リリアではなく、ディアナとして店を出せたら……と思ってしまう。

現実的ではないことは承知している。少なくとも、悪評が覆らなくては、それは不可能なことだ。

ディアナはいつものように馬車でリリアから元の自分に戻り、侯爵邸に戻った。前もって夕食は侯爵邸で摂《と》ると知らせていたため、自室で身支度を調えた後、食堂へ向かう。

そこには家族が勢揃《せいぞろ》いしていて、どうやらディアナを待っていたらしかった。

「ごめんなさい。遅くなってしまって」

「いいんだよ。今夜はせっかく家族全員が揃うから、おまえを待っていただけなんだ」

確かに、家族全員が揃うのはめずらしかった。というのは、父が公務で忙しかったり、両親と弟妹が領地へ行ったり、兄が研究にかかり切りになっていたり……といったことがよくあったからだ。両親が社交に出向くこともあった。

ディアナが学園に滞在中だったときは、長期休暇は除いてずっと王都にいた。そのため、大きなテーブルなのに一人で夕食を摂ることもあったのだった。当然、そのときは淋しい想いをしたのだが、今となっては懐かしい。

食事の時間は和気藹々《わきあいあい》としていた。家族団らんと呼ぶには、給仕するメイドなどが同じ部屋にいるから何か違う気もするが、貴族の世界ではこれが普通なのだ。

弟マックスは先日からシャンティ魔法学園に通い始めている。マックスはディアナとは違い、攻撃魔法が得意なので、魔導騎士団に入るのが夢だという。

「入学式の日、騎士団長が挨拶をしに学園に来ていたんだ。すごく格好よかったよ！」

アレクシスの話題が上り、母の視線がディアナに向けられた。ディアナは思わず視線を逸らしたが、
すると、今度はトリスタンからの視線も感じた。自然と頬が上気してしまう。

「そ、そう……。わたしが入学したときにはそんな挨拶はなかったけど……」

俯《うつむ》きながら、そんなことをゴニョゴニョと言う。すると、トリスタンが横から口を挟んだ。

「騎士団長なら、この間うちに来たぞ」

「ええっ、うちに？　どうして？」

マックスは憧れの騎士団長が我が家に来たと知って、驚いたようだ。

「僕の研究室で試作品を見てもらったんだ。騎士団長は魔導具に興味があってさ」

「わあ……すごい！　兄様は騎士団長とも対等に話せるんだね！」

純粋なマックスはトリスタンにも憧れの眼差しを向けている。

「ディアナも騎士団長と仲良しなんだぞ」

「姉様も！」

今度はディアナにも同じ眼差しが注がれた。実際、仲良し以上のことまでしてしまったのだが、もちろん家族には言えない。

「ええ……まあね」

ディアナはとりあえず曖昧に微笑んでおいた。

食事が終わり、弟妹は一足先に食堂を出ていく。後に残った四人で食後のお茶をゆっくりと飲むことにした。

「あなた……」

母が父を促している。父が頷き、ディアナに目を向けてきた。どうやら何かディアナに話があるらしい。

父は咳払いをした。

「ディアナ……実はついさっき……王宮から舞踏会の招待状が届いたんだ」

「えっ……もしかしてわたし宛に？」

一応、社交界にはデビューしている。けれども、学園にいる間はあまり舞踏会には出席していなかった。

「でも、王宮なんて……」

今は社交界に出ることさえ躊躇《ためら》われる。王宮なら尚更《なおさら》だ。当然、リチャードやアリサも出席するだろう。会いたくないし、ばら撒《ま》かれた悪評も気になる。そもそもディアナはリチャードに身分剥奪するなどと言い渡されているのだ。その件はまだ片づいていなかった。

戸惑うディアナを慮《おもんぱか》ってか、トリスタンが口を出す。

「一体どういうことだよ？　だいたい誰がディアナを招待したんだ？　もしかして、ディアナに恥をかかそうと……」

「いや、そういうことではないと思う」

父はきっぱりと否定した。

「国王陛下から必ずディアナを出席させるように言われている。つまり、舞踏会でなんらかのけじめがつけられる……と私は思っている」

「それがディアナの名誉を傷つけるものでないと言い切れるのかしら」

母は心配そうに眉を寄せた。

「陛下は公正な方だ。自分の息子を庇《かば》うために、罪のない者を傷つけるような真似はしないはずだ」

正義感溢《あふ》れる国王だということは聞いている。ディアナも会ったことはあるから、父の見立てが間違っているとは思わない。

それでも不安があった。

もし、舞踏会に招待された人達の前で、卒業パーティーみたいに名誉を穢《けが》されたとしたら……。

あのときはそういったことが行われると知っていたから、ダメージは少なかった。最初から覚悟していたからだ。しかし、もし同じことが……今度は学園の生徒だけでなく、大勢の貴族の前で再現されたらと思うと、怖くてたまらない。

「もちろん行くのはおまえ一人じゃない。私達も出席する。おまえに何かされるようなら、私達が黙っていない」

父はそう言ってくれるが、それはそれで困ったことになりかねない。

被害を受けるのはディアナだけでいいのだ。リール侯爵家に傷がつくのだけは避けたい。とはいえ、ディアナの名誉の件はずっと宙ぶらりんだったわけで、いずれにせよ父が国王に再び謁見を申し出るのも時間の問題だった。

だとすれば、両親と共に舞踏会に出席して、父が国王に不敬な真似をする前に止めたほうがいい。

「……分かったわ。わたし、ちゃんと出席するから」

そう決心したディアナに、トリスタンが声をかけた。

「とびっきりのドレスで行くといい」

「そうね！」

勝負服ではないが、舞踏会用のドレスを新調しようか。

ディアナの美貌に似合うドレスだ。そう思うと、なんだか楽しくなってきてしまう。

結局のところ、早く決着をつけたい気持ちもある。このままずっと、自分がどうなるのか分からないのは嫌だ。

それに……アレクシスとのことがある。

名誉が回復されれば、彼との結婚だってあり得る。しかし、そうならなければ、ディアナはもう社交界にはいられない。

もし、そうなったら……。

肝心のアレクシスは王都にはいない。どこに行ったのかも知らないし、いつ帰るのかも分からない。彼がいてくれたなら、きっと舞踏会にも一緒に出てくれただろうし、心強かった。何しろ彼は国王の弟で、ディアナの味方なのだから。

でも、今は彼に頼れない。

証拠を持っているはずのユリアスもどこにいるのか分からなかった。

それでも、気を強く持って舞踏会に臨もう。

ディアナは家族のためにもそう思った。

ディアナは早速、ドレスの製作に取り掛かった。王宮で舞踏会が開かれるのはめずらしいので、そのために貴族が張り切ってドレスを新調する。つまりマダム・リリアの店は忙しかった。特別なデザインを望む客も多かったので、ディアナはその合間に自分のドレスも作らなくてはならない。

でも、忙しいほうがいい。不安に悩まされる暇がないということだから。それに、アレクシスのことで淋しく思う時間もなかった。

店の三階に泊まり込みながらドレスを製作していたが、舞踏会の五日前には自分のドレスを作り終えて、気分転換も兼ねて久しぶりに侯爵邸に戻った。家族の顔を見たかったというのもあるが、母にドレスを見せたかったからだ。

「まあ、素晴らしいドレスね！　これならフォート伯爵令嬢だって霞《かす》んで見えてしまうわよ」

母はそう褒めてくれた。

リチャードやその取り巻きの目にはアリサしか見えていないようだったが、少なくとも他の人達の目にはよく見えるはずだ。オフショルダーで、ディアナの派手な顔立ちにはよく似合う大胆なデザインだが、肌が露出しているところに透け素材を使っているので、上品にも見えるのだ。

「それで、お母様にはこちらのドレスはどうかしらと思って」

用意してあったもう一着作ったドレスを見せると、母は感嘆の声を上げた。母のドレスはディアナのものと似たデザインではあったが、透け素材の部分に同色の刺繍《ししゅう》を入れてある。

「本当にありがとう。でも、こちらのほうが手が込んでるじゃないの」

「お母様には迷惑をかけてしまっているから」

「何を言ってるのよ。だいたい、婚約解消はあなたのせいじゃないのに」

それはそうだが、母に心労をかけているのは分かっている。ディアナには気分転換をするすべがあり、逃げ場もあったが、母はディアナが悪い噂を流されていても社交活動をしているのだ。そうやって表の場に出るのも、ディアナのためである。

隠れていたら、あの噂は本当だったのかと解釈されかねない。母は何事もなかったかのように、澄ました顔でパーティーやお茶会に出席し、友人達にこちらの言い分を話している。噂が少しでも収まるように、と。

母がドレスを受け取ってくれ、その夜は家族と語らいながら過ごした。

そして、その翌日。ディアナは再び店に行くつもりだった。だが、その前に母に用事を頼まれる。大叔母が王都内の少し離れた屋敷に住んでいるのだが、ディアナの噂を聞いて心配しているから顔を見せにいってくれとのことだった。

親戚宅には、さすがに店との往復に使っている地味な馬車で行くわけにはいかない。侯爵家の紋章がついている馬車の用意を執事に頼んだ。

やがて準備ができたというので、屋敷の外に出る。執事が見送りに出ようとしてくれていたが、後ろから末っ子のミリアムが彼に話しかけてきた。

二人同時に振り返る。ミリアムが執事の前にいたディアナに気づいた。

「あ……姉様、お出かけなの？」

「大叔母様のお屋敷まで行ってくるわ」

「行ってらっしゃい。姉様、気をつけてね」

ディアナは微笑み、執事に見送らなくてもいいと告げて、玄関の扉から続く石段を下り、そこに停《と》まっている馬車に近づいた。

馬車の扉を開けてくれているのは御者の助手だ。見慣れた顔ではなかったが、ちゃんと侯爵家のお仕着せを着ている。

御者台に乗り、馬の手綱を握っている御者も見たことがない。うちには複数の馬車があり、御者や助手も数人いる。二人ともきっと新しく雇われた者なのだと思い、彼らに軽く挨拶をして行先を告げた。

侯爵家の馬車の座席は内装が美しく、スプリングが効いていて、乗り心地がいい。馬車に揺られているうちに眠くなってくる。ドレス製作のために睡眠不足だからだ。大叔母の屋敷まで少し距離があるので、ディアナは目を閉じた。

頭の中でアレクシスの顔を思い浮かべる。

早く会いたい……。王宮舞踏会までに帰ってくるといいのだけれど。

ディアナは舞踏会で彼と踊るところを想像しながら、眠りに落ちてしまった。

ふと目が覚める。なんだか道が悪いようで、馬車の揺れが激しい。大叔母の屋敷は離れているとはいえ、王都にある。王都はこんなに道が悪いことはなかったはずだと思いながら、窓から外を見た。

「えっ……ここは……」

王都とは違う田舎の風景が見えて、ディアナは驚いた。新しい御者だったから、大叔母の屋敷がどこだか分からなかったのだろうか。でも、ちゃんと番地まで教えたというのに。

唖然《あぜん》としながら、御者との連絡のための小窓を開いた。

「ここはどこなの？　王都に戻って！」

しかし、御者も助手も聞こえないのか、振り向く素振りさえしない。ディアナはできるだけ大声を出した。

「聞こえないのっ？　ねえ……！」

「うるせえ！　おとなしくしてろ！」

助手は振り向き、乱暴な口調で言った。侯爵家の御者や助手が令嬢にこんな口を利くことはないはずだ。

ディアナははっきりと理解した。

わたしは今、誘拐されている……！

もしかして自分が寝ている間に馬車が乗っ取られたのかと思ったが、助手は乗ったときに見た男と同じだ。ということは、前を向いている御者も同一人物のはず。

じゃあ……彼らは侯爵家の御者と助手のふりをしていたのか。そうでなければ、侯爵家に潜り込んだスパイか何かなのだろうか。

侯爵家は貴族の間でも身分が高い。だからこそ、ディアナがリチャードの婚約者に選ばれたのだ。けれども、その身分の高さ、発言力の大きさから、侯爵家を陥れようとする輩《やから》がいる。

しかも、侯爵家は魔導具の製作販売で有名だ。はっきり言って魔導具の流行の最先端を担っている。同業者から疎ましく思われているに違いない。アレクシスのように手放しで褒めたたえてくれる人ばかりではない。

だからといって、わたしが狙われるなんて……。

誘拐して、何か脅して手に入れるつもりだろうか。自分は一体どこに連れていかれようとしているのか。

ついさっき、侯爵家から出るまでは何も問題はなかった。何事もなく大叔母の屋敷に行けるものだと思い込んでいたし、ミリアムや執事に笑顔を見せることができた。

うっかり眠ってしまっていた間に、自分はまったく違う状況に置かれている。

わたしはどうなってしまうの……？

怖くてならない。だが、怖がってばかりではどうしようもない。なんとか逃げるにはどうしたらいいのだろう。

馬車はいずれ停まる。王都を抜ければ、道はあまりよくないし、途中で減速することだってあるだろう。

が、このドレス姿では、いくら減速しても飛び降りることなんてできない。怪我《けが》もするだろうし、飛び降りても御者か助手に気づかれて、捕まってしまう。だいたい、この馬車の扉は内側から開かないようになっている。

それなら、馬を替えるときになら……？

相手は二人いる。御者だけなら逃げるチャンスもあるかもしれないが、二人では難しい。けれども、なんとかして隙を見つけよう。そして、逃げるのだ。

そうよ。一応、わたしも少しは魔法が使えるから。

攻撃魔法は使えない。威力が低く、ただ効果が長く続くだけの魔法しか使えないが、数種類の魔法を身に付けている。

火、水、風の三種類だ。大した威力はなくとも、驚かすことができるかもしれない。とはいえ、馬車の中から魔法を使うと、馬のほうが驚いて大惨事になるだろう。

とにかく今できることは情報収集だ。

ディアナは窓の外を見て、ここがどこなのか予測する。家屋は見当たらず、草原が広がっていて、遠くに山や森が見えた。太陽の位置から方角を推測し、ここがどこなのか見当をつける。

王都ではないが、王家の直轄領だ。街道に沿って馬車は走っているようで、まったく知らない場所ではないことに、少しほっとする。

ディアナは小窓から二人に話しかけた。

「ねえ……わたしを誘拐するつもりなの？」

またもや無視される。

「身代金を要求するつもり？　それともまさかわたしを始末するとか……？」

それなら、もっと早くに始末しているだろう。そもそも、殺されるほど恨まれる覚えはない。

そのとき馬車がいきなり停まった。はっと身構えると、扉が開き、助手が中に押し入ってきた。咄《とっ》嗟《さ》に声を出したが、その声を塞ぐように布を押し当てられる。

変な匂いがして、ふらっと気が遠くなってきた。

いけない。しっかり意識を保たなくては。

そう思いながらも、ディアナは目を開けることもできなくなり、意識を手放してしまった。

気がついたとき、ディアナは暗くてじめじめとした場所にいた。

しかも、両手首が身体の前で拘束されている。はっとして身を起こすと、同じ部屋にたくさんの人がいることに気がついた。薄暗かったものの、次第に目が慣れてくる。

部屋というか牢屋《ろうや》みたいな所で、窓がなく二十畳くらいの広さだ。部屋の片側に通路があり、反対側に鉄格子がついているスペースがある。そこに、たくさんの女性や子供が押し込められていた。

女性が自分を含めて八人。そして子供が男女合わせて十人。子供は五、六歳の幼児から十二歳くらいまでのローティーンだ。それぞれ質素な身なりで、中にはボロボロの服を着ている子供もいる。

通路には小さな机があり、その上に燭台《しょくだい》が置かれていた。灯《あか》りはそれだけなので暗いのだ。

「ここは……どこ？」

ディアナは近くにいた若い女性に尋ねてみる。彼女は虚《うつ》ろな目で口を開いた。

「どこなのか知らない……。わたし達、奴隷にされるのよ。そのために、ここに連れてこられたの」

「奴隷……？」

ディアナは愕然《がくぜん》とする。

ゲームの中のディアナの一番悲惨なエンディングは、奴隷に身を落とす場面なのだ。それを回避したいがために、今まで懸命に頑張ってきたというのに、どうしてこんなことになるのだろう。

やはり運命には抗《あらが》えないものなの？

そんなはずはないと思いたかった。ユリアスだって、そうでないと言ってくれていた。運命は変えられるものなのだ、と。

ゲームのエンディングの場合、確か王都の貧民街をさ迷っているときに悪い輩に誘拐され、奴隷の闇オークションにかけられてしまうのだ。

もしかして、わたし、これから闇オークションにかけられてしまうの？

この国では人身売買は禁じられていて、罪になる。しかし、闇オークションがどこかで開かれているという噂は聞いたことがあった。そのオークションに参加できるのは、紹介制の会員と異国人だという噂も。

ディアナの脳裏に、奴隷として身を落とした絵が浮かぶ。もちろんあれはゲーム上の画面に過ぎないが、あのときの絶望のあまり表情を失くした顔を思い出すと、寒気がする。奴隷になると、逃げられないように精神系の魔法がかけられるらしい。

でも、まだ奴隷になったわけじゃないし……。

諦めちゃダメ。オークションにかけられる前に、なんとかここから逃げ出さないと。

そう思いつつも、方法が分からない。だいたいここはどこなのだろう。

窓がないということは、地下室なのか……？

ディアナは改めて手を拘束しているものを見た。縄くらいなら魔法で切れるが、鉄製の手錠のようなものが両手首にかけられている。

自分の弱い火魔法では焼き切ることはできない。風魔法でも水魔法でもこれを切断するくらいの威力は出せなかった。

学園の実技で、もう少し頑張っていればよかった。

今更そんなことを考えても仕方ないが、ついそう思ってしまう。だが、当時はまさかこんな目に遭うとは想像もしていなかったのだ。

だいたい、こんな窮地に追いやられないように、必死に努力してきたわけだし。

ディアナは溜息をついた。

見回すと、小さな子供達が身を寄せ合っているのが視界に入る。女性達もだが、こんなにも小さな子供達を攫《さら》って、売るなんて絶対に許せない。

自分ももちろん助かりたいが、彼らも助けたい。

ディアナは先ほどとは違う女性に尋ねた。彼女はまだ目に力があるようだ。

「ここがどこなのか分かる？」

「大きなお屋敷だよ。きっと貴族の……」

屋敷の中でオークションが行われるのだろうか。貴族自身が首謀者かどうか分からないが、関わっていることは確かだろう。

「地名なんかは分からない？」

一応訊いてみたけれど、彼女も意識を失って連れてこられたらしい。ただ、屋敷に着いたときに目が覚めたようだ。

女性はふとディアナのドレスに目を向けた。

「あんた……いいとこの娘なんだろ？　他の子達はそうじゃないのに、なんであんただけ……」

服装を見れば、ディアナが庶民でないことはすぐに分かるだろう。

「誰かに恨まれて、売られたんじゃないの？」

女性に言われて、ギクリとする。

確かにディアナを誘拐した輩は、わざわざ侯爵家の御者や助手に成りすましていたのだ。つまり、最初からターゲットはディアナだったということだ。もしくは侯爵家の誰かだ。けれども、ここに連れてこられたということは、身代金目的ということではない。

じゃあ、やっぱり恨みから……？

でも、ディアナは悪い噂をされていたが、恨みを買うほどのことはしていない。それなら、侯爵家への恨みで、たまたまディアナが連れ去られたのか。

そんなことを考えていると、一人の子供が弱々しい声を出した。

「お腹空いたよお……」

一人がそう零《こぼ》すと、他の子も同じように呟き、すすり泣きを始める。それが伝染したように、他の子達も次々に泣き始めた。

突然、階段を乱暴に下りる足音がしたかと思うと、怒号が響き渡る。

「うるせえ！　何泣いてんだ！」

同時に床に鞭《むち》が振り下ろされ、途端に静かになった。急には泣きやむことができない子供達はグスグスと鼻をすする。

怒鳴り声を出したのは、屈強な男だ。顔つきも厳《いか》つい。看守役というか、見張り役なのだろうか。きっと上の階にいて声を聞きつけたのだろう。

静まった地下室をギロリと見渡したかと思うと、また地下室の隅にある階段を上っていった。逃げるには、まず牢屋から出て、階段の上にいる見張りを突破しないといけないということだ。しかし、見張りが一人とも限らない。

どうしたらいいのだろう。手錠もそうだが、鉄格子だって壊せない。それに、ディアナ一人ならまだしも、こんなに多くの人達を連れて逃げるのは、まったく現実的ではなかった。

だいたい、オークションはいつ行われるのか。

ディアナはしばらくの間、なんとか逃げられないか、あれこれ考えていた。再び階段から足音が聞こえてきて、数人の男達が下りてきた。

先ほど怒鳴った男が鞭を手にしているが、他の男達は縄を持っている。彼らは鉄格子の扉を開き、三人ずつ引きずり出して、それぞれ縄で胴を繋いでいく。きっと逃げ出せないようにするためだろう。彼らは囚人のように連れ出されていった。

だが、最後に出されたディアナだけは胴に巻きつけられた縄を、見張り役の男が握った。

「おまえは特別扱いだ。上玉だからな。奴隷オークションの最後に出すのさ」

やはりここは闇オークションが行われる場なのだろうか。ディアナはわざとオドオドしたふうに弱々しい声を出した。

「あの……ここはどこですか……？」

男は小馬鹿にしたように嘲笑《あざわら》う。

「ここはどこかって？　そうだな。地獄の入り口かもな。おまえ、王子の元婚約者なんだって？　わざわざ手間をかけて攫ったんだ。もう逃げ場はないと思えよ」

つまり、ディアナの素性を充分知った上で、誘拐してきたのだ。そして、闇オークションで奴隷として売り飛ばそうとしている。

ゲームでは、ディアナが誰かなんて関係なく、ただ攫いやすいから攫っただけのようだった。けれども、ここでは違う。

やはり誰かに恨まれているのか……？

「どうして、わたしを攫ったんですか……？」

男はニヤニヤしながら、じろじろとディアナを上から下まで舐めるように見回した。ゾッとしたが、一応ディアナは商品だからなのか、手を出す気はないようだった。

「まあ、じきじき指令が下ったんだから仕方ないよな。おまえを奴隷の身に堕《お》とせってな」

「だ、誰が一体……？」

　それが一番訊きたかったことだが、その前にどこかで歓声が上がるのが聞こえた。同時に拍手の音も聞こえる。

「無駄口を叩《たた》いてる暇はないな。オークションの始まりだ。まともな趣味の奴に競り落とされるのを願ってろ」

　ディアナは縄を引っ張られ、連れていかれる。

　ああ、どうしよう……！

　どうやったら逃げられるだろう。縄は焼き切ることができるが、それから先はどうしたらいいのか。両手を拘束されているし、こんな屈強な男達がいて、逃げられるはずもない。

　薄暗い階段を上ると、そこは小部屋になっていて、どうやら待機部屋らしかった。縄で繋がれているみんながここにいる。同じく窓がない部屋だが、ここは照明がついていて明るい。扉を隔てた向こうはオークション会場なのだろう。何やら盛り上がっているような熱気が伝わってきた。

　これじゃ逃げ出す隙なんてないじゃない！

　見張り役の男達は縄の端を握っていて、逃す気などない。もちろん逃げられたりすれば、自分達が大変な目に遭うからだ。

　わたし、このまま誰かに売られてしまうの？

　脳裏に浮かぶのは、虚《うつ》ろな目で拘束されているゲーム上の画面だけだ。結局は運命からは逃れられないのだろうか。

しばらくして、最初のグループが引き出されていった。

またもや歓声と拍手の音が聞こえる。やがて活発に競《せ》りが行われているようで、ディアナは唇を噛《か》んだ。罪もない女性と子供達が売られて、ひどい目に遭わされてしまうのだ。

でも、自分には止める力もない。いくら侯爵家が貴族の中で力を持っていようが、魔導具で稼いでいようが、なんの関係もない。自分の身を守ることもできないし、可哀想《かわいそう》な人達を救うこともできないのだ。

それに、両親も兄弟も、そして使用人もディアナの窮地に気づいていないだろう。ディアナはしょっちゅうリリアの店に寝泊まりしていた。少しくらい帰ってこなくても、誰も気にしないのではないだろうか。

もちろん馬車も帰ってこないのだし、いずれは気づくはずだが、それでもまさか誘拐されて売られるとは想像できないだろう。

まして、場所なんか特定できるわけがない。

つまり……助けなんて来ないのだ。

ディアナは絶望の淵《ふち》に追いやられていた。いや、諦めたくなんかない。なんとか逃げたいとは思っている。

でも……どうしたらいいのか見当もつかない。

グループごとに競りにかけられ、やがて待機部屋に残されたのはディアナだけになった。

扉が開く。一人の男性が扉の向こう側から合図すると、ディアナは縄の端を持つ男に引っ張られながら、連れていかれた。

やたらと気取った男性の声が聞こえてくる。

「いよいよ、最後の一人となりました。恐らく最高価格の落札になることが予想されます。皆様、しっかりとご覧ください」

目の前には五段の階段があり、そこを上らされると、舞台の上に立つことになった。

眩しいほどの強いライトに照らされる。どよめく歓声が聞こえ、拍手もされた。皮肉なことに、舞台用のライトはリール侯爵家の魔導具のようだ。

目の前には椅子が並んでいて、階段状に客席が広がっていた。煌《きら》びやかな室内装飾が施されたホールで、客席には多くの男性が座っている。誰もが正装し、仮面をつけていて、顔が分からないようになっていた。

客達は舞台に立たされたディアナを見て、ひそひそと言葉を交わしている。

「あれはリール侯爵家の……」

「いや、そんなまさか」

「だが、あの見事な銀色の髪は……」

「それにドレスが……」

司会らしき男性がディアナの説明を始めた。

「お気づきの方もいらしているようですが、正真正銘のさる貴族のご令嬢となります。彼女がどうしてこの舞台に立っているのか……については、秘密とさせていただきます。生まれも育ちも完璧。教養もあり、この美貌に加えて見事な髪……この銀髪を持つ者が滅多《めった》にいないことは、皆様、ご承知でいらっしゃるでしょう。希少価値は高いと言えます。さあ、どなたが彼女の『主人』となることができるのでしょうか。我と思わん方はよき値段をおつけください」

客達の欲望に塗《まみ》れた視線が突き刺さる。ディアナは嫌悪感いっぱいになり、身体を震わせた。

奴隷といっても、女性と子供しか集められていないから、彼らがどんな『仕事』をさせるつもりなのか、分かったつもりでいた。しかし、実際にそんな目で凝視されて、怖くてたまらなかった。

誰か……助けて！

ディアナはそう叫びたかった。けれども、声は出ない。出せたとしても、誰も助けたりはしないだろう。ここにいるのは、非合法な奴隷売買で快楽を得ようとする卑劣な男達だけなのだから。

不意にアレクシスの顔が脳裏に浮かぶ。

彼の微笑み。優しい声。抱き締める腕の感触。肌の温もり。囁かれる言葉。

正義感が強く、真面目だけれど、堅苦しいわけではない。魔導具について楽しそうに語ったり、庶民の姿で食べ歩きもする。そして、ディアナを見つめる眼差しは蕩けるように甘かった。

そういったことが次々と思い出され、胸が熱くなる。

もう彼と会えないの？　わたしはこのまま誰かのものにされてしまうの？　家族にも会うことができずに？

ああ、わたし……まだ名誉も回復してもらっていないのに。

競りが始まる。徐々に高い値段がつけられて、ディアナは眩暈《めまい》を覚えた。

これは現実なのだろうか。次第にディアナは気が遠くなるのを感じた。まるで夢の中での出来事のような気がしてきて、足元がふわふわとしてくる。

きっともうダメなのだ。わたしの運命はどうせ……。

そのとき、強いライトが消え、辺りが真っ暗になった。途端に客席から戸惑う声が聞こえてくる。舞台の上だけでなく、客席の照明も消えていた。ここも窓がないのか、室内すべてが暗闇だ。

「なんだ？　故障か？」

「早くなんとかしろよ！」

「そうだ。早く続きを……」

司会の男は慌てたような声を出した。

「皆様、少々お待ちを。すぐに灯りをつけますので」

不意にディアナの腕に誰かの手が触れた。叫びそうになったが、耳元で男性の声が囁かれる。

「ディアナ……」

「えっ」

「落ち着いて。こっちへ」

その声に、ディアナは雷に打たれたような気がした。

まさか……？

アレク？

いや、そんなに都合よくここへ現れるはずがない。こんな状況だから、脳が勝手にそう思い込んでいるだけだ。

しかし、いつの間にか胴に巻かれていた縄は外れているようだ。ディアナは彼に支えられながら、どこかに連れていかれる。

声だけでなく、その息遣いや手の感触、身体つき……やはりアレクシスのように思えてならなかった。

どこへ誘導されているのか分からないが、気がつけばディアナはオークションの会場から連れ出されていた。会場は独立した建物というわけではなく、どこかの屋敷の一部のようだった。ここは廊下で、窓はあるが、外が夜のようでまだ暗い。

会場では騒ぎ声が聞こえる。

「いないぞ！　どこだ！　捜せ！」

どうやらディアナが逃げたことに気づかれたのだろう。

「に、逃げなきゃ……！」

「大丈夫。逃げられないように魔法で扉を塞いでいるから」

魔法ですって……？

「ああ、手の拘束も解いてあげよう」

彼が両手を拘束している器具に触れると、それがすぐに外れた。鍵がなければ外れないものだったから、こんなことができるのは魔法を使える人だけだ。

やっと目が慣れてきて、助けてくれた男性の顔がなんとなく見えた。

「アレク……？」

「ああ。そうだ」

ディアナは嬉しさのあまり、彼に抱き着いた。彼もしっかりと抱き返してくれる。

「ああ……ありがとう！　わたし、売られてしまって、もうあなたに二度と会えないのかと……」

「君を誰にも買わせたりしない！」

彼は強く抱き締めた後、そっと力を緩める。

「私は人身売買の組織を潰すために来ているんだ。他の被害者も助けたから、しばらく彼らと一緒に待っていてくれないか？」

「ええ……」

どうして彼がタイミングよく助けにきてくれたのかと思ったが、たまたま仕事で潜入していたのだろう。よく見ると、彼も正装をしている。きっとオークションに訪れた人達に紛れていたのだ。

ディアナは屋敷の中の一室に連れていかれる。灯りがついていて、応接間のような部屋だ。そこに、

ディアナと同じく助けられた人達が全員いた。みんな拘束具を外されていて、ほっとしたような顔をしながらソファや絨毯《じゅうたん》の上に座っている。

他に従僕の格好をした若い男性が一人いて、アレクシスを見てピシっと敬礼した。彼は助けた人達をここで守ってくれているようだった。きっとここに潜入している魔導騎士団の団員だろう。

アレクシスは彼に声をかけた。

「彼女が最後だ。後は全員で一網打尽にするから、この場は頼む」

「了解しました！」

ディアナは慌ただしく部屋を出ていくアレクシスを見送りながら、彼とその部下達の無事を祈った。

闇オークションに関わった人が全員捕まりますように。

そして……二度とこんなことがないようにしてほしい。

ディアナは切に願った。

# 第七章　宿屋で二人きりの蜜夜

しばらくして、捕り物は終わったらしく、他の魔導騎士団の団員の一人が疲れた顔で戻ってきた。

彼は屋敷で働いているらしいメイドを数人連れてきて、助けられた人達に簡単な食事や飲み物を配り始める。ディアナももらって、やっと人心地がついた。

それだけでなく、立派な寝室に案内された。しかも、メイドは何かと世話をしてくれる。どこから持ってきたのか、ナイトドレスの着替えまで用意してくれた。

ディアナはこの屋敷に連れてこられるまでに薬で眠らされていたので、寝つけないのではないかと思っていたのだが、ベッドに入るとすぐに眠気がやってきた。恐らく疲れを感じていたのだろう。

寝る前にアレクシスに会いたい。助けてくれたお礼をもっと言いたい。

そう思いつつも、やがて眠りに引き込まれていった。

団員の話によると、これから逮捕された人達への尋問や移送、助けられた人達に証言を取り、元の場所に帰す手続きなどは、他の騎士団もやってきて合同で行うという。だから、ディアナも証言するつもりでいたのだが……。

翌日の午後になり、何故かアレクシスに馬車に乗せられた。

ディアナが乗ってきたリール侯爵家の馬車だ。ディアナだけでなく、アレクシスも乗り込んできた。向かい合わせに座ると目が合い、今更ながら彼の格好よさにときめきを覚える。

「あの……わたし、帰ってもいいの？　証言をしなきゃいけないと思っていたんだけど」

「何も全員分の証言が必要だというわけじゃない。それに、リール侯爵令嬢が闇オークションにかけられたと噂をされるわけにはいかない」

確かに、実際に奴隷の身に堕ちたわけではないが、闇オークションにかけられたなんて、とんでもない醜聞だ。そんなことが噂になったら、社交界には二度と復帰できない。もちろん自分に落ち度がなかったとしても、社交界はそういうものなのだ。

「そうね……。気を遣ってくれてありがとう。でも、アレクはあの場に残らなくてもいいの？　仕事がまだあるんじゃない？」

「一番欲しかった証拠は手に入れたから、後は団員や他の騎士団に任せてもいいんだ。それに、王都でやることもあるからね」

正直言うと、彼が送っていってくれると安心できる。何しろ馬車に乗っていて誘拐されたのだから、たとえ魔導騎士団の団員が御者を務めてくれたとしても、一人で馬車に乗るのは心細かったに違いない。

「それにしても、昨日は君がオークションの場に現れたのを見て驚いたよ。どうしてあの会場に連れていかれたのか、詳しく話を訊いてもいいかな？」

ディアナは攫われた経緯を話した。

「……わたしもどうして自分が狙われたのか分からないの。わたしじゃなく、うちの家族の誰かが狙われたのかもしれないけど」

「なるほど……。その件はちゃんと調べておくよ。でも、それなら、私が君を送る判断をしたのは正しかったということだな。これ以上、君を危険に晒したくない」

そう言ってくれる彼に、ディアナは胸の中が温かくなるのが分かった。

本当に彼と一緒なら安心できる。このまま一生共に同じ道を歩んでいけたらいいんだけど……。奴隷になるのは避けられたが、名誉回復できていない自分がどうなるのか分からない以上、安易に楽しい未来を思い描けない。

「そういえば、今朝早く早馬で君の無事はご両親に伝えるように手配しておいたから。馬車ごと君が戻らなくて、きっと心配されているだろう」

「ありがとう。……わたし、そこまで気が回らなかったわ」

地下室で目が覚めてからは、自分がどうなるかで頭がいっぱいだった。助け出されてからは、家に帰り着きさえすればいいと思っていたが、確かに馬車ごと行方不明になっていたのだから、家族だけでなく、みんなが心配していたことだろう。

特に今回は使用人、もしくは使用人に扮《ふん》した輩が関わっている。事の経緯を聞いたら、特に見送らなかった執事は責任を感じるかもしれない。執事はさすがに御者や助手が偽者だったら、すぐに見抜いていただろう。

いっそ自分の身に起こったすべてのことを黙っておきたいと思った。が、それではまた同じようなことが起きないとも限らない。こうした誘拐の手口もあるのだ。しっかりとした対策を採る必要があった。

「アレクは闇オークションの現場を押さえるために、あの屋敷に潜入していたんでしょう？」

「ああ。人身売買のことを調べていて、あの屋敷に行き着いた。関わっている全員を逮捕するためにオークションの開催を待たなくてはならなかったが」

そのために彼はなかなか王都に帰ってこられなかったに違いない。

「魔導騎士団って、国防のために創立されたとばかり思っていたけど」

戦力としての魔道士育成のためにシャンティ魔法学園ができたのだ。当然、魔導騎士団も戦いの訓練をしているとばかり思っていたのだ。

「もちろんそうなんだが、魔法なしでは手こずる件があれば、すぐに呼び出されてしまうんだ。実際、この国でも魔導士育成に力を入れるようになってから、隣国との小競り合いもなくなっているからね。要するに平和なんだろう」

魔法は便利なものだ。一般の人には難しいことが簡単にできてしまう。だからこそ、これから魔導騎士団の仕事はどんどん増えてきそうだ。

「そんなに忙しいなら、魔法学園はもっとたくさんの人材を育成しなくちゃいけないわね」

「確かにそうだね。私もこれから仕事より大切にしたいことができたから」

アレクシスはそう言って、ディアナと目を合わせ、微笑んだ。

大切にしたいことって……。

なんだか自分のことを言われたような気がして、ドキドキしてくる。そうでなくても、目を見つめられ、蕩けるような微笑みを見せられると、胸の奥が熱くなってきてしまう。

「な、なんだか今日は暑いような気が……」

彼はふっと笑う。

「うん、ちょっと暑いみたいだね」

ディアナは急に恥ずかしくなってうつむいた。すると、彼が席を立ち、ディアナの横に座ってきた。

身体が密着して体温が伝わってくる。

彼はディアナの手を取り、自分の両手で包んだ。

「君が無事で本当によかった……」

それが彼の本音だ。魔導騎士団の団長として仕事をしなくてはならず、ディアナを助け出した後もゆっくり話せなかったのだが、実はこうして無事を喜びたかったのだろう。

「うん……。本当にありがとう」

ディアナは彼のほうに寄りかかった。危機に駆けつけて助けてもらえたのは偶然に過ぎなかったのだけれど、誰よりも彼に助けてもらえて嬉しかった。

わたしは彼と一緒にいたい。

ずっと……ずっと。

だから、どうか彼と結婚できるくらいに名誉が回復できますように。

ディアナはひそかに願った。


午後に出発したから、すぐに日が暮れることになり、宿屋で一泊することになった。

アレクシスは二部屋取ってくれた。彼と同じ部屋に泊まってもいいと思ったが、ディアナの名誉を考えてくれたのだろう。宿屋に身分の高い客はいないようで、二人が同じ部屋に泊まったところで、誰に噂されるわけではないだろうと思ったが、ディアナの高価なドレスはやはり目立っている。彼の判断は正しいのだろう。

二人は食堂で夕食を摂った。

その後、アレクシスはディアナを部屋まで送ってくれる。食堂には酔っ払いもいたので、心配してくれたのだ。

「扉を閉めたら、すぐに鍵もかけるようにね」

「あ……あの……」

ディアナはあることを思い出し、口ごもった。

「ん？　何かあるなら遠慮しないで」

「このドレス……一人で脱ぎ着できないの」

昨夜はメイドが手伝ってくれた。マダム・リリアのときは自分で脱ぎ着できるように工夫したドレスを身に着けていたが、今はそうではない。

「あ……そうか」

宿屋にもメイドはいる。しかし、ここのメイドは一人しかおらず、女将と二人で宿屋を駆けずり回っていて、忙しそうにしている。

「面倒かもしれないけど、背中のホックを外すのだけ手伝ってもらえない？　後は自分でなんとかできそうだから」

「ああ、分かった」

二人は部屋に入った。扉を閉めると、騒がしかった食堂からの音から少し遠ざかり、急に静かになった気がした。

彼にドレスを脱がされるのは初めてではない。けれども、なんだかドキドキしてきてしまう。

彼の態度はいつもと変わらない。ということは、きっと自分だけが意識しているのだ。できることなら、抱き締めてほしいとか、キスしたいとか思っているのは、自分だけなのだろう。

そう思って、なるべく平静を装おうと努力した。

「えーと……お願いします」

ディアナは彼に背を向けた。

アレクシスの指がうなじに触れて、心臓がドクンと跳ね上がる。背中にたくさん並ぶホックが一つずつ外されていき、ディアナは自分の心臓の音が彼にも聞こえるのではないかと心配になった。

長い時間が過ぎたような気がしたが、ようやくホックが腰の辺りまで外される。

「ありがとう。これくらいで大丈夫……」

ドレスの前を押さえながら振り返ると、途端に抱き締められた。

ドキン。

胸の鼓動がまたまた跳ね上がる。

「ごめん……。二人きりになると、自分が抑えられなくなるんだ」

彼は自分を抑えようとしてくれている。それが分かって、ディアナは自分の身体からすっと緊張が解けていくのが分かった。

「わ、わたしも……」

彼が冷静さを取り戻さないうちに、ディアナは彼の背中に手を回して抱きついた。

「ディアナ……！」

しっかりと抱き合いながら、二人は唇を重ね合う。

ディアナはたちまち自分の身体が熱く燃え上がるのを感じた。

思い切って自分からも舌を絡めてみる。すると、彼の手に力がこもるのが分かった。お互い本心ではこうしたいと思いつつも、我慢して遠慮していたのだ。二人の気持ちが同じと分かったからには、遠慮なんてする必要はない。

情熱的だったあの夜のことが頭に甦《よみがえ》る。

あれからずっと会えないでいた。でも、またこんなふうに抱き締められて、キスされたかった。

ドレスを作りながら、淋しいという気持ちを押し殺していた。そうして、馬車で誘拐されて……。

もう少しでオークションにかけられ、奴隷にされてしまうところだった。両手を拘束され、暗い檻《おり》の中で目が覚めたときには、絶望が頭を過ぎった。

でも……助けられて、今はこうしてアレクシスの腕の中にいる。

改めて、ディアナは彼の許に帰ってきたのだという気がして、胸の奥が熱くなってくる。

彼のことが好き。大好き。愛してる……。

心の中で何度もそう繰り返した。

愛しているから、他の誰にも触れられたくない。自分に触れていいのは、彼だけなのだ。だから、未婚だろうがなんだろうが、彼に抱かれることに躊躇いはなかった。

彼は唇を離すと、ディアナのドレスを脱がせた。

今日はコルセットをしている。紐を締めてくれたのはあの屋敷のメイドだった。

「これ、自分で外すつもりだったのか？」

「なんとかなると思っていたんだけど……」

紐くらいは自分で外せると思っていたが、かなりきつく締められていたらしく、彼は解くのに手間取っていた。

どんなことでも器用にこなしそうに見えていたから、なんだかおかしかった。それと同時に、手慣れた感じで紐を解かれていたら、少しショックだったかもしれないと思った。

コルセットが外れると、下着姿になる。

アレクシスはディアナをベッドに座らせると、自分は上着とクラヴァットを取り去り、椅子にかけた。そして、シャツも脱ぎ、ディアナの横に腰かける。

「ディアナ……本当に昨夜は無事でよかった」

彼はそう囁き、唇を触れ合わせた。

わたしが彼以外の誰にも触れられたくなかったのと同じように、きっと彼も自分以外の誰にもディアナに触れられたくなかったのだろう。

「ん……ん……」

わたしも……と言いたかったけれど、唇が塞がれていたから言えない。しかし、なんとか気持ちを伝えたくて、彼のキスに応えた。

やがてシーツの上に二人は重なるように横になる。

彼の肌の感触が愛おしい。ディアナは無意識のうちに彼の腕を撫でていた。

下着を脱がされ、彼もまた脱いでいく。二人とも生まれたままの姿になり、きつく抱き合った。幸福感が押し寄せてきて、その感覚に酔いそうになってくる。

何度もキスを交わすと、何もかもが蕩けたような気がしてくる。身体もそうだが、頭の中もそうだ。

そして、彼を見つめる眼差しもきっとトロンとしていることだろう。

アレクシスはそんなディアナを見つめて、微笑んだ。

「君はなんて可愛いんだろう……」

「可愛いなんて……」

ディアナは可愛いと言われるようなタイプではないから、あまり言われ慣れてない言葉だ。だけど、アレクシスに言われると、嬉しくて気持ちがふわふわとしてくる。

「君の反応が可愛すぎるんだ」

彼はそう囁きながら、ディアナの胸に触れてくる。

「あっ……んっ……」

「ほら……そんな声だって可愛い」

彼は指の腹で乳首を撫で、キスもしてくる。小さくキュッと吸われると、何故だか下腹部の奥がツキンと疼いてきてしまう。

甘い疼きで、ディアナは腰を揺らした。

口からは吐息が洩れる。

「可愛くて……それでいて色っぽい」

色っぽいと言われることにも慣れていない。ディアナの頬は熱く火照った。

「わたし……色っぽいなんて言われたことない。可愛いって言われたのは……子供のときだけ……」

彼は小さく笑う。

「君の特別なところを知っているのは私だけだからね」

そう。アレクシスだけ。

キスだけで気持ちよくなるのも。触れられて感じるのも。そして、ベッドの上でこんなに乱れてしまうのも、知っているのは彼だけなのだ。

「君のどんなところにもキスをしてみたいな……」

「え……？」

「さっきドレスのホックを外していたとき、君の白いうなじにキスしたくてたまらなかった。背中にだって……」

彼はディアナの身体をゆっくりとうつぶせにした。うなじに息がかかると、ビクンと身体が震える。

「あっ……なんだか……」

「感じてしまう？」

「そんな……あん……っ」

まだ唇が触れてさえいない。息がかかっただけなのに。

自分の身体は本当に敏感になっている。だけど、それは相手がアレクシスだからだ。彼の息だけで、こうなってしまうらしい。

「や、やだ。恥ずかしい……っ」

小さな声で訴えると、彼はクスッと笑った。

「まだ全然恥ずかしいことはしていないはずだよ」

そう言いながら、唇がうなじに押し当てられた。

「やっ……ぁっ……」

正直言って、うなじなんかがそんなに感じるとは思いもしなかった。けれども、彼は予想していたようだ。

それとも、反応を見て、面白がっているのだろうか。

何度もキスをされて、その度にビクビクと身体が揺れた。思わずシーツをギュっと掴むが、そんなことをしても意味はない。

彼はうなじに唇をつけたまま、すーっと背骨に沿って下に滑らせた。くすぐったいような、気持ちがいいような変な感覚が走っていき、ディアナは身体に力を入れる。

「あ……ちょっ……と……！」

今度は舐められているようだった。温かい舌の感触があり、ゾクリとした。もちろん嫌悪感とかではなく、やはりこれも快感なのだろう。

まさか背中がこんなに感じるものだとは……。

初めての経験に翻弄され、ディアナは喘ぎながら、ただシーツを掴むことしかできなかった。次第に唇や舌の感触は下へと下りていき、はっとする。

お尻にキスされて、ビクンと身体が跳ねた。

「やぁっ……ぁん……」

同時に彼の手が両脚の間にするりと入ってきて、秘部に触れてくる。すると、とろりと蜜が溢《あふ》れ出《だ》すのが分かった。

「私の指が蜜塗れだよ」

「やだ……ぁっ……んっ」

わざわざ指摘されるのは恥ずかしい。いや、彼はわざとこちらを恥ずかしがらせているのだ。反応を見るために。

静かな笑い声が響く。

「本当に……可愛いな」

再びお尻にキスされ、指が内部に入ってくる。

内壁を擦るように進んでいくから、どうしても感じてしまう。

「あ……ぁ……」

彼はディアナを焦らすように指をゆっくりと動かしていった。奥まで進んだかと思うと、また引き戻される。

もっと奥まで入ってきてほしいのに。

ディアナは彼に抱かれた夜の快感を思い出していた。

このままでは物足りない。一度抱かれただけなのに、すっかり欲張りになっている自分に気づいた。

でも……快感が欲しいだけじゃないの。

彼と一体になるあの感覚が欲しい。身も心もひとつになり、燃え上がるような感覚に浸りたい。そうして、愛されている確証を全身に刻みつけたかった。

その考えに頭が支配されてしまっている。

「は、早く……っ」

ディアナは思わず腰を揺らした。

恥ずかしいという気持ちはまだある。けれども、それがどうでもよくなるくらい、早く貫かれたかった。

彼は指を引き抜いた。それから、後ろから己のものを秘部にあてがい、奥まで侵入してくる。

一瞬、痛みを覚悟したが、二度目だから痛いわけがない。すんなりと奥に突き当たる。

「はぁ……あっ……ぁぁ」

猛《たけ》ったものが自分の中を行きつ戻りつしている。後ろからだから、前に抱かれたときとはなんだか違うが、それでも彼が動くたびに快感が込み上げてきた。

特に奥に突き当たると、下腹部から甘い疼きが広がる。同時に、胸をまさぐられ、ディアナはたまらず身体をくねらせた。

嵐のように身体の中で何かが吹き荒れている。ディアナはそれに翻弄されるばかりだった。

ああ……でも。

何かが足りない。身体は繋がっていても、触れ合う部分が少なかった。

そう思ったとき、彼は一旦、身体を離した。そして、ディアナを仰向《あおむ》けにしてから挿入して、しっかりと抱き締めてくる。

「やっぱり君と抱き合うのが好きなんだ……」

なんだか……わたしの気持ちが届いたみたい。

胸の奥が温かくなってくる。

そうよ。わたしはこうしてほしかったの。

ディアナは彼の首に腕を巻きつけた。胸が密着して、彼の心臓の音が伝わってくるようだった。

気がつくと、唇を合わせていた。何度もキスをして、それから彼は再び動き始めた。鼓動が大きくなり、息が弾む。

身体が熱くて……。

不意に彼がぐっと奥まで腰を押しつけてくる。その途端、天にも昇るような快感が脳天まで突き抜けていく。

「あぁぁんっ……！」

その瞬間、ディアナは彼と共に砕け散ったような気がした。

何もかもが消えて、世界に二人だけになったみたいで……。

ただ彼と抱き合う。

それだけでディアナは幸せだった。


結局、アレクシスは朝までベッドにいた。

狭いベッドだったけれど、抱き合いながら眠りに落ち、本当に幸せな気分で目が覚めたのだった。

誘拐されたことを思い出すと、宿屋で一泊するのは少し不安だったけれど、彼がずっと傍《そば》にいてくれたおかげで熟睡できてよかったと思う。

馬車に乗り、途中で何度か休憩を入れたりしながら、午後には王都に着いた。

ああ、無事に帰ってこられて本当によかった！

ディアナは見慣れた王都の風景を馬車の中から目にして、そう思わずにはいられなかった。

アレクシスはディアナを侯爵邸に送ると、応接間で両親に事の成り行きを説明してくれた。両親は娘が売られそうになっていたことを知り、青ざめてしまう。

「ディアナを助けてくれて、どれほど感謝しても、し足りないくらいだ。君が助けてくれなければ、娘はきっとひどい目に遭わされていたはず……」

父がそんなことを言うと、母は想像したのか身震いをする。

父も母もディアナが馬車ごと帰ってこなかったため、いろいろ手を尽くして行方を捜そうとしてくれていたらしい。

例の御者と助手だが、入れ替わった偽者だったのだ。馬小屋の裏にあった物置に、本物の御者と助手が縛られて放置されていたのが見つかり、侯爵邸は騒然となったようだ。

特に、執事は自分がディアナを最後まで見送らなかったことに後悔の念を抱いたという。執事を呼び止めたミリアムもだ。二人とも先ほどディアナが無事に戻ってきたことを泣いて喜んでくれた。

ディアナ自身も彼らがこれ以上、自分を責めずに済んでほっとしていた。

アレクシスは何度も礼を言う両親を止めた。

「仕事で潜入していた現場にちょうど居合わせただけですから。でも、本当に何事もなくてよかったと思います」

「とにかく、二度と同じことが起こらないように、出入りする人間に関して徹底的に管理することにした。これからは、愛する家族を害する輩を一人として近づけさせない」

父は決然と言い切った。アレクシスはそれに同意するように頷く。

「ですが、実は……少しの間、闇オークションに手入れが入ったことは秘密にしてもらえないでしょうか？」

「ああ……まだ表沙汰にはできない事情が……？」

「はい。黒幕がいるんです」

「黒幕……か」

父は何かを悟ったようにニヤリと笑う。

「もちろん口外しないよ。非合法組織は徹底的に排除してもらわなくてはならんし」

「ディアナ嬢が狙われた理由についてもしっかり調べることにします」

「それも、黒幕と関係が……」

「恐らく……」

父とアレクシスは意味ありげに言う。ということは、ディアナが狙われた理由について、二人は何か見当がついているようだった。

「では、私はこれで失礼します。まだこの件で仕事が残っていますので」

彼は席を立ち、同じく立ち上がったディアナを振り返り、優しい眼差しを向けてきた。

「君はもう休みなさい。疲れただろう?」

「でも……」

「いいから。また会おう」

そうよね。彼とはまた会えるはず。

とにかく彼は闇オークションの件が片づくまで、少し忙しいのだろう。ディアナはそれまで待っているかしない。

王宮舞踏会のことも気になる。そこで自分の名誉が回復されるかどうかも。

不安はあるけれども、それを信じよう。

彼とわたしの未来のために。

両親は彼を玄関まで送っていった。ディアナは彼に休むように言われたので、自室に戻る。メイドが湯浴《ゆあ》みの用意をしてくれていたので、髪も身体も綺麗にした。

一応、あの屋敷でも湯浴みはさせてもらったものの、身に着けていたドレスは地下室で寝かせられていたこともあった上、馬車でずっと揺られていたせいで、くたびれていたし、汚れていた。さっぱりした後、清潔な部屋着を身にまとい、やっと落ち着く。

ベッドに横たわり、改めてアレクシスのことを想った。

さっき別れたばかりなのに、また会いたくなってくる。

でも、今日は……疲れた身体と心を休めよう。そして、明日からは元の自分に戻るのだ。誘拐されたけれど、こんなに元気なのだと家族に見せたいから。

そうして、ディアナは目を閉じた。

# 第八章　王宮舞踏会ですべてが終わる

とうとう王宮舞踏会の日になった。

舞踏会が始まるのは夜だ。その日、ディアナは侯爵邸で落ち着かなかった。両親も同様だったようで、屋敷の中をウロウロしていた。日頃は社交界にほとんど顔も出さないトリスタンも今日は参加するらしいので、同様にそわそわしている。

とにかく、陛下から参加するようにと申しつけがあったから、どんなに不安でも欠席はできない。

ディアナは精一杯、着飾って両親やトリスタンと一緒に馬車に乗り、王宮へ向かった。

王宮はもちろん広いが、舞踏会が行われる場所も本当に広かった。出入口から赤い絨毯がバージンロードみたいに敷かれていて、その先の壁際には数段高くなっているスペースがあり、そこには国王と王妃が座る玉座が並んで置かれている。その両側には紺色の天鵞絨《ビロード》に金色の房がついたカーテンが高い天井から垂れていて、そこが特別な空間になるように彩られていた。

照明はリール侯爵家製の魔導具で、豪華なシャンデリアがいくつもぶら下がっている。ここでも活躍しているのかと、ディアナは隣でエスコートしてくれるトリスタンをちらりと見た。すると、トリスタンも同じように思ったようで、ニヤリと笑う。

そこには正装した招待客が赤い絨毯の両側にたくさんいた。それぞれに談笑している。

しかし、ディアナ達が名前を呼び上げられて入場すると、一斉に視線が突き刺さった。

ディアナは卒業パーティーのときのことを瞬時に思い出し、怯《ひる》んだが、トリスタンが元気づけてくれるように囁く。

「おまえは何も悪いことはしていないんだ。胸を張って、ツンと顎《あご》を反らすんだよ。ほら、悪の女王様みたいにさ」

「悪の女王様って……」

ディアナはクスッと笑った。

「うん。ディアナは笑っているほうがいい。なんなら高笑いでもしてみる？」

ゲーム上のディアナは何度もそれをやっていた。が、今のディアナ自身はやったことがない。だいたい高笑いなんて、どうやってすればいいのだろう。

それでも、トリスタンのおかげで、気持ちがすっかり和んだ。そして、何があろうとも、自分には両親と兄がついているのだと思うことができた。

わたし一人では大したことはできないけれど、味方になってくれる人がいれば違うのだ。

卒業パーティーと違うところはそこだ。あのときは誰一人、味方なんていなかった。いや、実際には内心同情してくれている人達はいたのだが、誰も行動を起こす勇気がなかったのだ。

それに……この場にはいないだろうけど、わたしにはアレクがいる。

アレクシスの顔を思い浮かべるだけで、ディアナは気持ちが強くなるのを感じた。

それに、ユリアス先生……。

今どこにいるのか分からないが、ユリアスが証拠を集める努力をしてくれた。そういえば、あの証拠はどこにいったのだろう。もう国王に直訴してくれたのだろうか。親戚だというアレクシスがなんとかしてくれたとは思うが……。

そのとき、リチャードとアリサの名が朗々と告げられ、二人が揃って入場してきた。

リチャードは煌びやかな衣装を身に着けていて、その腕に手を添えて歩くアリサはあまり趣味のよくないドレスを身に着けている。マダム・リリアの店で我儘を言っていたような小さな宝石をちりばめたドレスだ。

歩く度にドレスはキラキラと光っていて、目立っている。確かに彼女が満足できるほど注目を浴びているが、憧れられているわけではなく、あまりに華美で呆《あき》れられているように思えた。ちなみにデザイン自体はマダム・リリアの新作ドレスのデザインそのままだった。彼らが店に来たときに、マネキンが着ていたものだ。どうやら別の店でこのデザインで作ってほしいとオーダーしたのだろう。

アリサも一応、伯爵令嬢なのだから、別に成金趣味というわけではないだろうに、どうしてそんなに目立ちたいのか謎だった。

将来の王妃にふさわしいドレスを求めていたようだが、彼女は未だにリチャードとの婚約は認められていない。そのことを噂されていることもあって、この王宮舞踏会では誰よりも美しいドレスを身に着けたいと思ったのかもしれなかった。

とはいえ、国王や王妃はこのドレスを見て、どう思うだろう。王妃は上品な美しいドレスを何着も作っているが、変に華美なものは避けている。王妃としての品位は必要だろうが、ドレスにかける予算というものがあらかじめ決められているのだ。

ましてドレスに宝石をつけるなんて……。

贅沢というものだ。もちろん父親であるフォート伯爵がお金を出したのなら、どんなドレスを着ようが自由だと思うが、そうではないだろう。マダム・リリアに言ったように、リチャードのお金から出ていると思う。

リチャードがいくら王子だとはいえ、無限にお金が出せるわけではない。決まった額を支給してもらっているだけだ。

ディアナは婚約が決まった子供の頃からお妃教育を受けていたから、王宮の内部事情について少しは知っている。

品位は必要だが、贅沢は敵。

贅沢ばかりしていれば、貴族から反感を買う。そうなれば、王族だって安泰ではないのだ。

アリサはともかく、リチャードは分かっているはずなのに。

まあ、わたしには関係ない話だけど……。

ただ、リチャードの婚約者だったディアナからすれば、この二人の姿に違和感しかない。そもそも、アリサは正式に婚約しているわけではない。二人が仲睦まじく歩いているのを見て、ひそひそと何か囁き合う人達もいた。

ディアナが彼らをじっと見つめていると、アリサがその視線に気づいたようにこちらを見た。一瞬だけ目を大きく見開き、何故だかとても驚いたような表情になる。だが、すぐにリチャードに声をかける。するとリチャードはこちらを見た。彼はアリサとは違い、ただ眉をひそめただけだ。

二人は周囲の目も気にせず、こちらに近づいてきた。リチャードは嘲《あざけ》るように声をかけてくる。

「おや、元婚約者じゃないか。一体どうしてこんなところにいるんだ？　おまえは社交界に顔を出せる立場ではないだろうに」

トリスタンがムッとして何か言おうとしていたが、ディアナは慌てて引き留める。自分は何を言われてもいいが、トリスタンまで誹謗《ひぼう》中傷されたくない。

しかし、父がディアナを庇うように立ち、無言でリチャードを睨《にら》みつけた。リチャードは一瞬怯んだが、気を取り直して再び口を開きかける。

そのとき、声が高らかに響いた。

「国王陛下、並びに王妃陛下のご入場です！」

その声に全員が口を閉じ、しんと静まり返る。そして、頭を垂れた。国王と王妃は出入口から長く伸びた赤い絨毯の上を歩いていき、やがて玉座の前に立つとこちらを向いた。

国王はリチャードとよく似ている。アレクシスとはずいぶん年齢が離れていて、すでに初老だが、今もスマートだ。若い頃から自分に厳しい性格だったらしいが、今も剣の稽古を欠かさないとも聞く。その横にいる王妃は気品に満ちた美しい女性だ。国王がただ一人の妻と見定めただけあって、容姿だけでなく、強さと優しさを兼ね備えている。

国王は威厳に満ちた顔で辺りを見回した。何か挨拶するのだろうと思ったが、その前にリチャードが国王の前に進み出る。

「父上、舞踏会が始まる前にお話があります」

国王はじろりと彼を見た。

「なんだ？　手短に言うがいい」

「ここに私が身分剥奪を言い渡した女が堂々と来ています。王宮にはふさわしくない人間です。追い出すべきかと存じますが」

途端に、父が険しい顔つきになった。拳がギュッと握り込まれ、ここが人前でなければ、リチャードを殴っていたかもしれないと思った。

国王は冷静に言葉を返す。

「それは……そこにいるリール侯爵令嬢のことを言っているのか？」

国王の目がディアナに注がれる。同時に、舞踏場中の視線が自分に集まるのが分かった。

「もちろんです。婚約は破棄されたというのに、のうのうとこんな所まで乗り込んでくるとは……。まったく呆れたものです」

国王は咳払いをする。そして、リチャードを睨んだ。

「前にも言ったと思うが、王族の婚約破棄など、本人の一存でできるものではない。もちろん身分剥奪を言い渡す権利など、おまえにはないのだが」

「ですが……父上！　この性悪な女は私が愛したフォート伯爵令嬢に嫌がらせを繰り返し、あまつさえ怪我を負わせたのです！」

「仮にその話が本当だったとしても、おまえは私になんの相談もなく、人前で婚約破棄をディアナ嬢に言い渡した。そのことの是非を、おまえに問いたい」

国王の言葉は厳しかった。しかし、リチャードは自分が正しいと信じて疑っていないようだった。

「この女の悪行を卒業生全員に知らせてやるべきだと思ったから、卒業パーティーを選んだのです。私は間違っていない。か弱いアリサのためですから、この女は懲らしめてやらなくてはなりません！婚約破棄だけでは制裁として足りないから、身分剥奪を言い渡したのです」

国王の追及にも怯まず、リチャードは堂々と自分の意見を述べた。まるで洗脳された信者みたいだった。アリサはそんなリチャードに満足しているようで、笑みを浮かべて、彼にしなだれかかっていた。

国王は額を押さえ、はーっと溜息をつく。国王の横で王妃も憂鬱そうに首を横に振り、小さな声で呟いた。

「我が息子ながら情けない……」

「母上までどうして……」

リチャードの言葉を遮り、国王の話は続けられた。

「いいか。今更言うことではないが、はっきりここで言い渡しておこう。おまえとディアナ嬢の婚約は、王族とリール侯爵家の結びつきによって生まれたものだ。婚約のときも議会で承認を得た。おまえの勝手で破棄できるものではない。もちろん貴族として生まれた者の身分を剥奪するのも、議会の承認が必要だ」

「いや、ですから……」

「いいから聞け！」

父親から怒鳴られて、さすがのリチャードも意気消沈する。

「そして、次におまえは婚約者がいながら、別の女性と交際していた。……いや、そのこと自体はおまえにだって言い分があるのも分かる。決められた婚約者とそりが合わないこともあるだろう。別の女性に恋する気持ちが分からないでもない。そういったことの対策のために、寵妃《ちょうき》がいるのだ」

そう言いつつ、今の国王は王妃だけをこよなく愛していて、寵妃は存在しない。寵妃は王妃が子供に恵まれない場合にも設けられるという話もある。だから、必ずしも悪というわけではなかった。

国王の話はまだ続く。

「しかし、学園という狭い世界でおまえは堂々と交際した。同じ学園にいるディアナ嬢に恥をかかせるのが目的だったのか？」

「そんなつもりでは……。ただ、私はアリサに惹かれ、心のままに振る舞っただけです。恥をかかせたとおっしゃいますが、彼女はそういった殊勝な感情は持ち合わせていません。ただ、プライドが傷ついたのでしょう。そのせいで、アリサに嫌がらせを……」

「おまえはディアナ嬢の心を傷つけたのだと、私は思う」

国王は静かに言い、ディアナに目を向けた。それは温かみがある眼差しで、ディアナはほっとする。

どうやら国王は自分の息子ではなく、ディアナの味方のようだった。

「では、アリサの心はどうなるのです！　心だけではなく、怪我までさせられたというのに！　父上はリール侯爵に気を遣って、そんなことをおっしゃっているのではありませんか！」

リチャードはアリサの肩を大事そうに抱き、国王に食ってかかった。アリサはか弱そうにリチャードに寄り添いながら、胸の前で両手を組み、国王に訴える。

「陛下、お願いです。リチャード殿下の話も少しはお聞きになってください。ディアナ嬢は殿下と仲良くしているわたしを妬んで、数々の嫌がらせを行い、挙句に階段から突き落とすという暴挙に出たのです。そのことを証言してくださるお友達もいます。確かにわたしと殿下の恋はいけないことだったのかもしれません。ですが、ディアナ嬢の悪行を考えると、殿下が婚約を破棄したくなるのも当たり前ではないでしょうか」

アリサは舞踏会に出席する貴族達みんなに聞こえるように、声を張り上げて訴えかける。ふと見ると、アリサの後ろにリチャードの取り巻きや彼女の父親であるフォート伯爵までいた。みんながアリサを守るように立っていて、ディアナは卒業パーティーの続きが行われているような気がしてきた。

国王が諫《いさ》めているというのに、リチャードは聞く耳を持たない。そして、彼ら全員はディアナをこの場で再び弾劾しようとしているのだ。

リチャードの取り巻きは口々にディアナの悪口を言う。

「陛下！　騙されてはいけません。あの女狐はアリサに嫌がらせするだけでなく、学園のテストで不正を働いたのです」

「そうです！　真面目そうに装っているだけなのですから！」

「私は義憤にかられて学園長に訴えたのに、なんの対策もされませんでした！　今からでもきちんと調査すべきです！」

「私は階段から突き落とされたアリサを助けたのですが、最初、アリサは一人で落ちたのだとディアナ嬢を庇っていました。なんと心が美しいのでしょう。それなのに、あの女は……」

あれこれと悪口を続けられているうちに、ディアナは自分が本当に悪いことをしたような気分になってきてしまった。

だが、両親もトリスタンも激怒している。爆発寸前だということは、その顔を見てすぐに分かった。

父はぐいと進み出て、声を張り上げる。

「おまえ達の証言は当てにならない！　ディアナが不正をしたという客観的証拠があるというのか？　そして、嫌がらせをしたという証拠は？」

すると、今度はフォート伯爵がこちらを馬鹿にしたように口を開いた。彼は恰幅《かっぷく》のいい紳士ではあるが、どことなくずる賢い狸《たぬき》のような風貌をしている。

「証言が当てにならないと？　彼らは揃って名家のご令息だ。しかも、殿下がこちらにはいる。殿下に不敬だと思わないのか？　口を慎みたまえ」

そんなことを偉そうに言われる筋合いはないが、彼はリチャードがアリサの味方でいる限り、自分のほうが有利だと思っているらしい。

罵り合いに発展しそうになったが、不意に国王が咳払いをした。すると、全員が口を閉じる。

「証言と証拠が必要なら、用意してある」

国王がそう言うと、傍に控えていた側近に目配せをした。

側近が楽団に合図して、楽団が派手な音を一瞬だけ鳴らす。それがまた別の合図だったのか、閉められていた出入口の扉が両側に開いた。

そこにいたのは……。

「アレク……」

ディアナは呟いた。

いや、アレクシスだけではない。魔導騎士団の団員がそこに並んでいた。魔導騎士団に限らず、各騎士団の正装は煌びやかで格好がいい。颯爽《さっそう》とマントをなびかせながら歩く彼らを見て、若い女性がざわめきだす。

彼らは赤い絨毯の上を玉座の下まで歩いてきた。絨毯の両側にいた人達はざわめき、一体何が起こるのだろうと見ている。

リチャードも唖然としてアレクシスを見た。

「叔父上……どうして……？」

アレクシスはリチャードとその横にいるアリサ、フォート伯爵に目をやった。

「証言と証拠を披露するために来たんだ」

彼が部下から渡された魔導具を手に取り、それを操作する。そして、玉座の背後の白い壁に向かってさっと手を挙げると、そこにユリアスの映像が現れた。それを見た舞踏会の出席者達の間にどよめきが上がる。ディアナは前世の記憶があるし、前にも見たことがあったから、映像を見てもそれほど驚かないが、この世界の人達にとっては初めての体験だ。

「すごい……！　なんだ、あれ」

トリスタンが頬を紅潮させ、感動したような声を出していた。

映像の中のユリアスが喋り出す。

「私はシャンティ魔法学園の教師、ユリアス・エヴェンバーグです。今から流すのは、リール侯爵令嬢についての証言になります」

そうして、次々に教師の証言、ディアナ自身が集めた生徒の証言が流れていった。それから最後に、学園長の証言が流れる。

それらを見ていた人達は、最初は懐疑的だったが、次第にディアナに同情的なムードになってきた。

「もしかして、噂は嘘だったのかも……?」

「これだけの証言を、一人の教師が集めたんでしょう? それなら、リール侯爵家が金で言わせたものではないだろうし」

「そうだな。学園長の証言もあるぞ」

「何より陛下がリチャード殿下よりディアナ嬢に肩入れされているようだし」

「そうでなければ、この場にエージュ公爵が現れていないだろう。魔導騎士団の団長だが、それ以上に王弟殿下だから」

アレクシスがこの場に現れたことはやはり効果てきめんだ。学園の教師というだけのユリアスでは、こうはいかなかっただろう。ユリアスもそれが分かっていたからこそ、この記録をアレクシスに渡したに違いない。

久しぶりにユリアスの顔を見て、ディアナは懐かしい気持ちになった。

映像のユリアスは説明を続ける。

「次は、証拠になります。これは学園の校舎内に仕掛けた魔導具によるものです。膨大な記録から、該当の部分だけ取り出しています。……ここは教室内ですね」

隠しカメラの映像はひと気のない教室を映し出していた。アリサのクラスの教室らしい。リチャードはアリサと同じクラスだったが、ディアナは別のクラスだった。防犯映像みたいに上のほうからの角度の映像で、日にちと時間まで表示されている。

「この日のこの時間、このクラスは野外の授業中でした」

そこに、アリサがやってきて、机にあった鞄《かばん》の中からノートやテキストを取り出したかと思うと、それを破ったり、ペンでぐしゃぐしゃと何かを書きなぐった。音まで入っている。

彼女はそれを机の上に放り出して、ほくそ笑み、教室から去っていく。そこから早送りされ、今度は野外での授業を終えた生徒達が教室に帰ってくるところが映っていた。そして、破られ、汚されたノートやテキストを見て、みんなが騒ぎ出す。アリサ自身も泣いていて、それをリチャードや取り巻き達が慰めていた。

つまり自作自演……。

あれをディアナがやったことにされていたのか。周りの人達もひそひそとアリサのことを呆れたように言っていた。

そのとき、アリサの弱々しい声が聞こえた。

「やめてよ……。こんなの、嘘よ……。ひどい。わたしは絶対にこんなことしてないんだから……」

リチャードもアリサを庇う。

「そ、そうだ。ユリアス先生はどうかしたんじゃないのか？　こんなデタラメなことをして……」

しかし、ユリアスの解説付きで映像はまだ続く。

様々な自作自演が続き、どれもディアナが関与していなかったことが証明されていった。そうして、極めつけは階段の映像だ。

ユリアスの解説が入る。

「これは、アリサ嬢がディアナ嬢から突き落とされたと言っていた日時の出来事です」

アリサは辺りをキョロキョロ見回したかと思うと、階段の上から……ではなく、下から三段目から飛び降り、悲鳴を上げた。すると、取り巻きの一人が悲鳴を聞きつけて駆けてくる。そして、床についた手を押さえて泣きじゃくるアリサは確かに最初、自分で落ちたのだと言っていた。

『本当にそうなのか？　もしかして、ディアナが突き落としたんじゃないのか？』

そんなことを尋ねているうちに、リチャードがやってきた。

『なんだって？　本当にディアナに突き落とされたのか？』

すると、アリサは涙に濡れた顔をリチャードに向ける。

『実は……そうなの。でも、彼女を責めないであげて。わたしなら平気だから』

それから、リチャード達はディアナを罵りながら、アリサをどこかに連れていった。

「まるっきりのデタラメよ！　絶対違うんだから！」

アリサは映像の音声を打ち消すように大きな声で言った。が、リチャードや取り巻き達ももう庇うことはせず、青ざめた顔でアリサを見ていた。

映っていたものに心当たりがあるからだろう。自分達の記憶と合致しているからこそ、この映像がデタラメだとはもう思えなくなっていたに違いない。

「アリサ……もしかして本当に自分で落ちたのか……？」

リチャードが恐る恐るアリサに尋ねたが、彼女は断固として否定した。

「わたしのことが信じられないのっ？　これはユリアス先生の創ったものよ。だいたい、こんな怪しい魔導具……おかしいと思わない？　ほら、ユリアス先生はディアナと仲良かったわ。目をかけていたのよ。きっと彼女を庇うために、でっち上げたんだわ！」

確かにユリアスによく手伝いを頼まれていたし、彼と話していたことが多かった。というより、他の生徒達がほぼ話しかけてこなかったからなのだが。

リチャードもアリサの言葉を聞き、ディアナに疑惑の目を向けてきた。聴衆も同じように、さっきはアリサを非難していたのに、今度はディアナのほうを怪しんでいるようだった。

「……そうだな。では、これもおまえの仕業なのか？　こんな大勢の人が集まる場所でアリサに恥をかかせようとして……」

さっきは青ざめていたフォート伯爵も、リチャードがディアナを非難した途端、娘を庇い始める。

「リール侯爵令嬢！　あなたという人は……。こんな大掛かりな嘘をついて娘の名誉を穢そうとするなんて……」

彼は国王にも嘆願した。

「陛下！　どうか信じてください。我が娘は清く美しい心の持ち主です。怪しい魔導具が見せた幻など、信じないでください。娘は潔白です！　悪は……リール侯爵令嬢なのです！」

「そうです！　父上……すべて創り出された幻影なのです！」

リチャードも必死で訴えるが、国王は溜息をついて首を横に振った。そして、アレクシスに視線を向ける。

「……そう言われているが？」

アレクシスも小さな溜息をついた。

「怪しい魔導具……と言われたが、これは私が開発したものだ」

フォート伯爵は言葉に詰まった。

「だ、だが、ユリアスとかいう教師は正体不明だ！　怪しいと思われても仕方がない！」

アレクシスはフォート伯爵を無視して、リチャードに問いかける。

「おまえも思うか？　ユリアス・エヴェンバーグは怪しいと？」

「……はい。怪しいと思います。ディアナを贔屓《ひいき》にしていましたし……」

「私がユリアスの素性を保証しても？」

「だって、本人は証言や証拠を集めたと言っていたのに、この場には現れていないじゃありませんか。本当の証言や証拠なら、自分の言葉で語るべきだ。……ああ、貴族じゃないから来られなかったのか。所詮、庶民ですよ。叔父上は騙されたのではないですか？」

リチャードは上から目線でユリアスのことを馬鹿にした。

ディアナはムッとして文句を言いたかったけれど、自分が発言したところで、リチャードには何も響かないだろう。

アレクシスは大きな溜息をつくと、リチャードをまっすぐに見据えた。

「よく見ているがいい」

そう言うが早いか、彼の顔が変化していく。

「あ……」

ディアナは小さく声を出していた。

彼の顔はユリアスになっていたからだ。

嘘……。どういうこと？

ディアナはただユリアスの顔をしたアレクシスを見つめていた。リチャードやアリサ、取り巻き達もフォート伯爵も同じように、アレクシスから目を離せないようだった。

「叔父上……まさか……」

「そうだ。私が陛下から命を受け、ユリアス・エヴェンバーグとして学園に潜入していた」

ディアナは衝撃を受けた。

まさかずっと自分を気にかけ、助けてくれていたユリアスがアレクシスだったとは思いもしなかったのだ。

でも……今となれば頷ける。二人はどこか似ていたからだ。そして、ユリアスが姿を消したのも、すでに用事が済んだからなのだろう。

リチャードはアレクシスに弱々しく尋ねた。

「なんのために……？」

「おまえが王太子としてふさわしいかどうかを見定めるためだ」

それを聞いた途端、リチャードはへなへなと床にへたり込んだ。絶望的な顔になっていて、もう何も言えないでいるようだった。

「それから、学友が将来の国王の側近としてふさわしいかどうかも見ていた。側近は主君が間違っていたなら諫めることも必要だが、おまえ達はまったく違っていた」

取り巻き達もリチャード同様、ショックを受けていた。きっと自分達が試されていたとは思いもしなかったのだろう。彼らはいつもリチャードとアリサの言葉を肯定し、二人を守ることしかしてこなかったのだ。

アレクシスが元の顔に戻ると、国王を見た。国王はリチャードに静かに声をかける。

「おまえの様子はアレクから報告を受けていた。婚約者を蔑《ないがし》ろにして、他の女生徒と親しくしていると聞いて、心底落胆した。それだけではなく、学園での態度も褒められたものではなかった。庶民を差別し、弱い者を虐げる。しかも、正しい者を見抜く目もない。騙された挙句、人前で婚約者を裁いた。おまえはただ自分とアリサ嬢さえよければいいと思っていたのだろうが、そんな視野の狭い偏見だらけの者には国王は務まらない！」

リチャードはうつむいて、自分を擁護することもできなかった。まさしく、国王の言うとおりだったからだろう。

アリサは腹黒いところを暴露され、窮地に立たされた。卒業パーティーでディアナも悪女だと断罪されたが、それより彼女のほうのダメージが大きいだろう。ここは魔法学園の卒業生ばかりがいたパーティーではなく、王宮の舞踏会の場だからだ。国内の名だたる貴族が集まっているから、それこそ社交界にはもう顔を出せないのだ。

「お、お父様……わたし、どうしたら……」

アリサは父であるフォート伯爵に泣きついた。フォート伯爵はそれを振り払い、国王に向かう。

「陛下……私も娘にはすっかり騙されておりました。まさか娘がこんな非道なことをして、ディアナ嬢を陥れようとしていたとは思いもしなかったのです」

呆れた！

彼は娘を蹴落として、無実の人を装い、自分だけ助かろうとしているのだ。

とはいえ、彼が娘をけしかけたという証拠もない。学園外のことだから、ユリアス——いや、アレクシスもそんな証拠は出せないだろう。

アリサも父親の変わり身にショックを受けていた。

「お父様……ひどい。わたし、お父様のために……」

「黙れ！　おまえが勝手にやったことだ。私は何も知らなかった！」

娘を遮るように厳しい調子でそう怒鳴ると、国王にすがるような眼差しを向けた。

「本当なんです。私は娘の潔白を信じていました。しかし、娘は私を騙し、リチャード殿下を騙しました。悪い奴です。どうか娘にふさわしい罰を与えてやってください」

正直、この父娘が協力関係にあったのか、それとも一人だけの暴走なのか分からないが、娘を庇うことすらせず保身に走るフォート伯爵に、ディアナは嫌悪感を抱いた。

国王は厳しい眼差しで彼を見下ろしていた。

「……アレク。おまえはどう思う？」

アレクシスは国王に頷き、フォート伯爵に静かに告げる。

「私はすべて知っています。あなたが何を企《たくら》んでいたのかを」

「わ、私は何も企んでなぞいないが……」

「あなたは違法なことをして、金を稼いでいた。そのことが知られると極刑を下される。だから、娘を使ってリチャード殿下に取り入った。娘が王太子妃、そして王妃になり、外戚として権力を持てば、これからも逮捕される心配はない。……そう考えた」

フォート伯爵は青ざめていたが、必死で否定する。

「それは誤解です！　私は違法な商売などしておりません！」

「人身売買は違法ではないと？」

ディアナは一瞬よろめきかけた。

フォート伯爵はあの人身売買に関わっていたのか。そのことは調査していたアレクシスなら、知っていて当然のことだった。

ああ……じゃあ、わたしが狙われたのは……。

アリサはここでディアナを見たとき、驚いた顔をした。つまり、彼女はディアナが人身売買組織に誘拐されたことを知っていたのだろう。というより、アリサ自身が父親に頼んだのかもしれない。彼女もリチャードもディアナが身分剥奪されていないことに不満を持っていたようだったから。

奴隷として売られてしまえば、元の貴族に戻ることはおろか、どこに行ったかも分からなくなる。惨めな生涯を送ることになっただろうから。

なんて恐ろしい……。

彼女は婚約者を奪うだけでは満足できなかったのだ。自分だけが社交界の輝く存在となり、崇《あが》めてもらいたかったのだろう。

彼女のドレスはその欲望を忠実に表していた。

フォート伯爵はまだあがいていた。

「しょ、証拠はあるのですかっ？　私がそんなことをしているという証拠は！」

アレクシスが余裕たっぷりに口を開く。

「もろちんだ。先日の闇オークションの現場を押さえたが、おまえには良い報告しか行っていないだろう？　つまり、おまえと接触していた人物はすでに確保されて、こちらの指示に従っていたんだ。だが、証拠を出せというなら、出してやろうか」

アレクシスが再び映像を出した。

そこには、怪しい男とフォート伯爵が話している場面が映っていた。二人は間違いなく人身売買のことを話している。

「嘘だ！　こんなのは、デタラメだ！」

フォート伯爵はアレクシスに掴みかかろうとしたが、軽く腕を捩じり上げられる。

「証拠はこれだけじゃない。利益の配分についての書類も押さえてある。闇オークションの会場となった屋敷も、偽装してあったがおまえの持ち物だということが判明している」

有無を言わせないくらい、ちゃんと証拠は揃えられていたのだ。フォート伯爵は控えていた魔導騎士団の団員に手枷《てかせ》をはめられた。

「アリサ嬢も共犯だ。一緒に連れていけ」

「えっ、わ、わたしは違うわ！　お父様が何をしていたかなんて知らなかったんだから！」

今度はアリサが潔白を訴える。

しかし、アレクシスは冷徹な眼差しをアリサに向けた。

「おまえは知っていたはずだ。しかも、ディアナ嬢を誘拐し、闇オークションに出すように父親に頼んだ。……ああ、これもちゃんと裏が取れている。言い逃れはできないぞ」

証拠を出せと言われる前に、釘《くぎ》が刺される。すると、アリサはぶるぶる震えだした。

アレクシスは話を続ける。

「たまたまディアナ嬢は無事だったが、ひとつ間違えば一人の女性の一生が台無しになるところだった。同じ女性として、どうしてそんな非道なことができたんだ？」

そうだ。同じ女性なら、闇オークションにかけられてしまったら、その先どうなるか分かっていたはずだ。それなのに、どうして父親に頼んだのだろう。

アリサは暗い眼差しでディアナを睨んできた。

「だって……その女がいるから、わたしとリチャードの婚約がいつまでも認められないと思ったのよ。あいつがいなくなれば……惨めに消えてくれれば……わたしが婚約者になって、王太子妃になって、王妃になって……誰からも認められて……」

国王が静かな声でそれを遮る。

「君とリチャードの婚約を認めなかったのは、フォート伯爵に人身売買の疑惑があったからだ。ディアナ嬢のせいではない。それに、リチャードが王太子にふさわしくないと判断されたのは、君にあっさり乗り換えたからだ。人身売買の件がなくとも、君が王太子妃になることはなかったよ。何しろ、王子は他に二人もいるし、立派な弟もいる。国王にはふさわしくない人間がなることはない」

そう言われて、アリサは床に崩れ落ちた。泣き始めたけれど、もう誰も彼女を慰めたり、庇ったりしてくれる人はいない。リチャードも取り巻き達も彼女を見放しているし、自分の立場をこれ以上悪くしたくないのだ。

「残念だ。君の魔法は磨けばいいものになっただろうに」

アレクシスにそう言われて、彼女は一層大きな泣き声を上げる。だが、魔導騎士団の団員に手枷をはめられ、引きずられるように連行されていった。

リチャードと取り巻き達は国王に謹慎するように言い渡され、自ら退場していく。それを集まった貴族達はひそひそ話をしながら見ていた。

国王はディアナに向かって声をかける。

「ディアナ嬢……本当にすまなかった。そして、人身売買の証拠を揃えるために、今までリチャードに受けた仕打ちについて放っておいたことをすまなく思っている」

身分剥奪の件がどうなるのか分からなくてやきもきしていたが、そういうことだったのだ。やっとディアナも両親もそれが分かって納得した。

「いいえ、陛下。この場でわたしの名誉を回復してくださったことを感謝いたします。リール侯爵の娘として、これで心置きなく社交界にいられるのですね」

「ああ。これからは……次の婚約者と仲良くするがいい」

国王は意味ありげにアレクシスに目をやり、それからディアナに笑いかけた。どうやら国王は自分とアレクシスの関係をもう知っているようだ。

「さあ、これですべて解決したし、舞踏会を楽しんでくれ」

王の側近の合図で楽団が音楽を演奏し始めた。すぐにはこの場の雰囲気は戻らなかったが、それでも音楽に合わせて、少しずつダンスが始まる。

「ディアナ嬢……」

アレクシスがディアナに歩み寄り、手を差し出した。

「私と踊っていただけませんか？」

彼の紳士的な申し込みに、ディアナの頬が火照ってくる。

「はい……喜んで」

手袋越しに手が触れ、それから腰に手を回される。二人は目を見合わせながら、微笑み、踊り始めた。

もうわたしは元のリール侯爵令嬢だ。名誉は回復され、誰にも後ろ指をさされることはない。やっとアレクシスにふさわしい女性になれた気がした。

彼の腕に抱かれ、踊り続ける。

もう彼しか見えない……。

やがて疲れた頃、彼が囁いた。

「バルコニーへ行こう」

ディアナが頷くと、彼は舞踏場を出て、王宮の中を進んでいく。舞踏場のバルコニーのことだと思っていたから驚いた。

ディアナもお妃教育を受けていたとき、王宮に出入りしていたが、どこでも歩き回れたわけではない。決められた場所しか知らないのだ。彼が連れていってくれたところは、初めて足を踏み入れた所だった。

ひと気のない部屋はしんとしていて薄暗い。彼がパチンと指を鳴らすと、灯りがぱっとついた。

「ここは……？」

本や書棚がたくさん詰まっている書棚に囲まれて、大きな机が置いてある。応接セットもあるが、書斎のように見えた。

「私が王宮の中で仕事をするときの執務室だ」

「あ……団長としての……？」

「そういうことだ」

だが、よくよく考えると、騎士団の団長だからといって、王宮の中に自分の執務室を持てるものだろうか。彼が王弟だからこその特別待遇だと思われた。

窓を押し開くと、そこはバルコニーだった。ディアナは彼に手を取られて、そこに出る。

少しひんやりとした空気に触れ、ディアナは深呼吸した。舞踏場は人がたくさんいたし、踊り続けていたから暑かったのだ。

「今夜は君にとっていろいろあったから、大変だったね」

彼はまるで他人事みたいに言うので、ディアナはクスッと笑った。

「今夜、何かあることは分かっていたけど、あなたが証拠を持って現れるとは思わなかったわ。それに……ユリアス先生があなただったなんて！」

アレクシスはこちらを向いた。やけに真剣な眼差しをしている。

「騙されたって思ったかい？　今まで黙っていてすまなかった。いつか言おうと思っていたんだが、きっかけが掴めなくて」

「驚いたけど、騙されたなんて思ってないわ。きっと秘密の仕事だったんだと思うし」

国王からの直々の命令で、誰にも知られないように教師に成りすましていたのだろう。もっとも、学園長は知っていたと思うが。

「それに……なんとなく雰囲気が似ていると思っていたから」

「ああ、やっぱり分かるものなんだな」

彼がディアナとマダム・リリアが同一人物だと見抜いたのも、彼も変身魔法が得意だったからなのだろう。とはいえ、ディアナはまさか彼がユリアスだったとまでは思いつかなかった。

「今から考えれば、ユリアス先生がいなくなったのは、王命を果たしたからだったのね」

「そうだ。リチャードがあれこれ言ってこなかったら、正体を明かすつもりはなかった。……あ、君にはもちろんいつか言おうと思っていたけど」

ディアナはふふっと笑う。いつも冷静沈着なアレクシスが慌てて弁明しているのがおかしかった。

「わたし、ユリアス先生のこと、ちょっと好きだったのよ」

「え？　本当に……？」

「以前は冴《さ》えない先生だと思っていたけど、だんだん少し格好いいかもって思うようになっていたわ。それから、婚約破棄騒動があって、侯爵邸にわざわざ訪ねてきてくれて……嬉しかった」

「リチャードと君の婚約は解消したほうがいいという話は、陛下との間で出ていたんだ。あれだけ君のことを蔑ろにしているのに、無理やり結婚させたら悲惨なことになるからね。だけど、リチャードは卒業パーティーで暴走してしまった。君がどんなに傷ついただろうかと思ったら、一刻も早く君に会って、元気づけなければ……と思ったんだ」

あんなことがなければ、ユリアスとはもう会わないはずだったのだ。彼はその後、ディアナの名誉を回復させるために、証言を取り、証拠を確保してくれた。

「ユリアス先生と会えなくなって、せめてもう一度ちゃんとお礼が言いたいと思っていたの。だから……今言うわね。学園で先生がいてくれて、わたしに声をかけてくれていたから、卒業するまで頑張れたの。それから、わたしのためにいろんなことをしてくれて、本当にありがとう」

「……うん。学園では教師という立場だったし、君には婚約者がいたから、当たり障りのないことしか言えなかった。でも、本当はもっと力づけてあげたかったんだよ」

彼は柔らかく微笑んだ。

いつ見ても、彼の微笑みは蕩けるように優しくて、ドキドキしてくる。思えば、ユリアスの微笑みも同じような雰囲気だったのだ。

彼はディアナの頬に触れた。が、手袋越しだということに気づいて、それを取り去る。手袋を上着のポケットに入れて、改めて頬に触れる。

指が直に頬を撫でた。

なんて優しい撫《な》で方《かた》だろう。ディアナはうっとりと彼を見つめた。彼もまたディアナをしっかり見つめている。

「もう今は二人の間になんの障害もないよね？」

ディアナはそっと頷いた。

そう。今は教師と教え子でもないし、婚約者もいない。身分剥奪されて、庶民になることもない。

「結婚してほしい」

「はい……」

囁くように答えると、抱き寄せられて……。

唇が重ねられる。

もうなんの心配もない。

ただ夢のように幸せだった。

# 第九章　初夜は優しい囁きで

半年後、ディアナとアレクシスの盛大な結婚式が行われた。

場所は王族が挙式する教会。ディアナは自分がデザインした純白のウェディングドレスに身を包み、煌びやかな花婿衣装を着たアレクシスの横に立った。そして、家族や親戚に祝福されながら、愛を誓い、幸せいっぱいだ。

両親は心から喜んでくれた。トリスタンとマックスは尊敬するアレクシスと妹が結婚したことで浮かれている。

もちろん王族も参列してくれた。国王、王妃はもちろん、王子達もだ。当然、謹慎が解けたリチャードもいる。彼はアリサと離れたことで、洗脳が解けたようになり、今は改心している。

魔導騎士団の調査によると、アリサはある程度、人の心をコントロールする才能を持っていたのではないかということだった。しかし、彼女はディアナからリチャードを奪うことに執心していて、せっかく魔法学園に通いながらも魔法を磨く努力をしなかったので、結果的に才能は大して開花しなかった。なので、離れたことで簡単に洗脳が解けたのだろうということだ。

今、アリサは魔法を使えないように施してある牢の中にいる。フォート伯爵は身分を剥奪され、領地も召し上げられた。当然ながら財産も没収されている。アリサはいずれ遠くの修道院に送られるらしいが、彼女の父親は処刑されることだろう。人身売買は重い罪なのだ。

結婚式の後は、リール侯爵邸でパーティーが行なわれた。

たくさんの人を招いた、華やかなパーティーになったが、社交が得意な母は疲れも見せない。ディアナもいずれ自分でパーティーを開くことになるのだろう。でも、自分には母の真似はできそうになかった。

ディアナはアレクシスと二人で挨拶をして回り、改めてみんなに祝福の言葉をかけてもらう。半年前にはこんな場面など想像もできなかった。

心から幸せだと言える。リチャードと結婚していたら、こんなふうにはならなかっただろう。

そういう意味では、アリサに感謝したいと思った。

やがて夜は更け、ディアナとアレクシスは両親に見送られ、新居であるエージュ公爵邸へ向かった。

エージュ公爵邸は王宮に近い場所にあり、広い敷地に建つ豪華な屋敷だった。外観は王宮に近い感じだ。婚約者として何度もここを訪れていたから、もうすでに馴染《なじ》みの場所になっていたが、これから自分がここで暮らすのだと思うと感慨深い。

ディアナは執事とずらりと並んだ使用人に迎えられた。使用人ともすでに何度も顔を合わせていたから、そこまで緊張はしない。軽く挨拶をして、ディアナは一人で自室へ向かった。

そこは自分専用の寝室だ。続き間には寛《くつろ》げる居間もあり、衣装室もある。ディアナの荷物はすでにここに運び込まれていた。メイドの手を借りてドレスを脱ぐと、浴室に入る。ここもディアナ専用の浴室となっている。

リール侯爵家の浴室はディアナの発案でトリスタンが試行錯誤の上、作り出したシャワーがついていて、前世での浴室に近い形になっているが、ここもそうだ。というか、今では貴族の屋敷ではだいたいそうなっている。温水が出る蛇口とシャワー完備の浴室を持つのが一種のステータスなのだ。

ディアナはシャワーを浴び、純白のナイトドレスとガウンに身を包んだ。濡れた髪はメイドにドライヤーで乾かしてもらう。もちろんこれも魔導具だった。

髪を綺麗に整えて、メイドは出ていった。

すると、隣室との境にある扉が小さくノックされる。

「はい……どうぞ入って」

緊張しながら答えると、扉が開き、アレクシスが顔を出した。

二人の寝室は扉一枚で繋がっている。この世界の夫婦の部屋はだいたいこんな配置になっているらしく、一応ベッドも寝室も別々なのだが、いつでも互いを訪ねられるようになっていた。

アレクシスは素肌にガウンを身に着けている。開いた胸元から素肌が覗《のぞ》いていて、ディアナはドキドキしてしまった。

「髪は乾かしてないの？」

彼もシャワーを浴びたのだろう。髪はまだ少し湿っているようで、いつもと違った雰囲気になっている。

「ああ、いつも適当なんだ」

彼は几帳面《きちょうめん》そうに見えていたのに、意外な面もあるものだと思った。

「じゃあ、わたしが乾かしてあげる。ここに座って」

鏡台の前のスツールに座らせて、ディアナは後ろからドライヤーをかけた。メイドや従僕がいるから、自分で彼の世話をすることはないと思っていたから、こうしてドライヤーをかけられて嬉しい。彼の髪を扱っているだけで、いつもよりもっと親密になった気がしてきた。

髪が乾いたら、ブラシで整える。

鏡の中の彼と目が合うと、彼は何やら楽しそうに笑っていた。

「何かおかしい？」

「いや、君が嬉しそうだから」

「だって、あなたのお世話ができて嬉しいから」

「そうなんだ？」

彼にしてみれば不思議かもしれない。貴族の令嬢であるディアナが誰かの世話をするのが嬉しいだなんて。こういうところが、前世の感覚が抜けてないのかもしれない。

ディアナは彼の髪を指で梳《す》いた。

「こうしてあなたの髪を触っていると、幸せな気分になるの」

「そうか……。私も君の髪を触っていると、同じ気持ちになるよ」

彼はにっこり笑って、そう言った。

髪だけではない。どこに触れても、相手が好きな人なら、幸せになれるのだ。

アレクシスは立ち上がり、ディアナをそっと抱き締めてきた。ドレスを着ていたときより、布の枚数が少ないから、彼の体温を感じやすい。ディアナは彼の優しさに包まれているような気がして、うっとりする。

「……私の部屋に行こうか」

「うん……」

扉の向こうへ行くと、大きなベッドがあった。ディアナのベッドより大きい。四柱式で天蓋がある。刺繍が施してある重厚な布のカーテンがついていた。

二人はベッドに腰かける。彼はディアナの肩を抱き、ディアナは彼に自分の体重をかけるように寄りかかった。

「幸せ……」

思わずそう呟いてしまう。彼はそれを聞き、クスッと笑った。

「そうだね。でも、婚約していた半年の間をすごく長く感じていたよ」

プロポーズされたあの舞踏会の後、すぐに彼は両親に正式に挨拶をしてくれ、婚約が決まった。それから、半年間、結婚式や披露パーティー、新生活の準備をしたのだ。

マダム・リリアの店の権利の半分を敏腕マネージャーに譲り、二人で共同経営することにした。もう隠れ家だって必要ない。ただデザインはしたいので、これからはデザインだけに関わっていく予定だ。生活をもっと便利にするために、トリスタンとの共同である魔導具の開発は続けていくものの、独身の頃ほど熱心にはできないだろう。

だって、わたしはもうアレクシスの妻だから。

妻としての用事が常に優先になる。子供だってできるだろうし……。

アレクシスの領地は王都に近いところにあったものの、そちらに出かける機会も多いはずだ。やはり結婚すれば、今までと同じではいられない。

「わたし……あなたの妻になれて本当によかった」

愛し合う相手と結婚できてよかった。心からそう思う。貴族の娘も息子も、心ならずも結婚させられてしまう場合が多いのだ。彼だって、きっと多くの縁談があっただろう。

彼が今まで誰とも結婚せずにいてくれてよかった。

わたしを待っていてくれてよかった……。

「私だってそう思うよ。君を妻にできて本当によかった」

彼はディアナを抱き寄せると、唇を重ねてきた。

キスだけで身体が溶けてきそうになる。他の人にキスされても、きっとこうはならない。相手がアレクシスだからなのだ。

キスの合間に彼が囁く。

「……もしユリアスが求婚していたら、君は受けていたかい？」

「『アレク』に出会わなかったら受けていたかも……」

ユリアスはアレクシスなのだから、その仮定は変だが、正直に答えた。

「でも、偽りの自分ではプロポーズはできなかったな」

正直な彼ならではの言葉だ。

彼はディアナのガウンを脱がせた。絹のナイトドレスはデコルテが大きく開いているが、衿《えり》ぐりに可愛いフリルがついていて、実はこれもディアナのデザインだ。

彼は胸元の小さなリボンを指でつついた。

「可愛いね。君が作った？」

「そうなの……。初めての夜だし、特別なものにしたくて」

「そうだね。特別な夜にしたいね……」

静かな声で囁き、彼はディアナの胸のふくらみを指でなぞる。たちまち乳首は硬くなり、ナイトドレスの上からくっきりと分かるほどになった。

「敏感な君が好きだな」

「あっ……ん」

布の上から指で擦られ、恥ずかしい声が出る。

「ほら。すぐ頬が赤くなる」

ほのかな灯りしかついていないのに、頬が赤くなっているのが分かるのだろうか。けれども、指摘されるとディアナが恥ずかしがるので、そう言っているのだろう。

「もうっ……あん……っ」

文句を言おうとしたのだが、優しく両方の胸を弄られ、やはり声が出てしまった。

意地悪なんだから……。

だけど、もちろん本気の意地悪じゃない。彼はディアナを揶揄っているだけだ。

さんざん指でいじめられた後、彼はナイトドレスの裾から手を差し込んで、脚に触れてきた。太腿を撫でられ、ディアナは両脚を擦り合わせてもじもじとする。

「そんなに力を入れないで」

「だって……」

「ほら……もっと気持ちよくさせてあげるよ……」

彼の言葉はまるで魔法みたいだった。自然と脚の力が抜けて、彼の掌は内腿を撫でた。

「あ……やっ……ん」

「ああ、本当に可愛いな……」

秘部に触れられて、ディアナはビクンと身体を揺らした。

「あぁっ……はぁ……」

先ほどからの愛撫に、秘部はもう濡れそぼっている。蜜壺に指先を差し入れられ、ゾクリとした。彼はそのまま指を押し込むのかと思ったのに、また引き出し、秘裂に沿ってぐるりとなぞっていく。もっと愛撫してほしいのに、まるで焦らされているようだった。

刺激が欲しくて、身体が勝手に震える。

「も……もっと……」

「もっと？　何してほしい？」

「え……」

言わなくてはいけないのだろうか。ディアナは涙目になりながら、彼を見た。彼は余裕の笑みを浮かべている。こちらにはそんな余裕なんてないのに、彼は平気なのだろうか。

「な、中まで……入れてほしいの」

口ごもりながら、なんとか願いを口にする。彼はそれを聞いてニヤリとする。

「こうかな？」

ゆっくりと指を挿入してくる。

でも、それだけじゃ物足りない。彼はわざとのように刺激を与えないようにしている。ディアナは代わりに自分で腰を揺すった。

「……これだけじゃ足りない？」

分かっているくせに！

ディアナが涙目で睨むと、彼はクスッと笑った。

「ごめん。ついいじめたくなってきてしまうんだ」

彼は内壁を擦るように指を動かしていく。

「も、もうっ……ど……して？」

「可愛いからだよ。可愛いから苛《いじ》めたくなるんだ」

「わたし……は……あ、悪女っ……なんて言われ……てたのに……？」

切れ切れに尋ねる。ディアナのことをこんなに可愛いと言ってくれるのは、家族以外にはアレクシスだけなのだ。

「悪女じゃないだろう？　それに、君がたとえ悪女だとしても……可愛いよ。私にとってはただ一人の愛する人だから……」

胸がドキンと高鳴る。

学園に通っている頃、悪女だと噂され、みんなから距離を置かれたとき、彼だけが心の拠《よ》り所《どころ》だった。誰も声をかけてくれなくても、彼だけが声をかけてくれた。優しい笑みを見せてくれて、成績や学業態度を褒めてくれた。

あのときも、彼はきっと……。

わたしだけを見ていてくれたのかしら。

彼はディアナの脚を広げ、下腹部にキスをしてきた。そうして、指で刺激しながら、甘く疼く秘部を舌で舐めてくる。

「あぁ……んっ……あん……っ」

指だけでなく舐められると弱い。ディアナはもう何か考える余裕もなくなっていた。頭の中まで熱くなり、身体中を吹き荒れる嵐のことしか感じられなくなっている。

ただ気持ちよくて……。

全身が性感帯になった気がした。

彼が頭を上げ、指を引き抜くと、身体がガクガクと震えてしまう。もう少しで昇りつめそうだったから、途中で放り出されて、どうしたらいいか分からなくなる。

アレクシスはディアナの半身を起こすと、ナイトドレスを脱がせた。そして、彼もまたガウンを脱ぎ捨てる。彼の股間のものは硬く勃ち上がっていた。

「……あ……」

彼はそれを秘部にあてがい、そのまま奥へと入ってくる。

ディアナは思わず彼に抱きついた。すると、彼はそのままディアナを抱き上げ、膝の上に載せる。

しっかりと繋がっているけれど、なんとなく不安定でディアナは彼にしがみついた。

「な……なんか……変かも」

「どういうふうに？」

彼はディアナの身体を揺するようにして、下から突き上げてくる。

「ああっ……ぁんっ！」

奥底にぐっと押し入ってくる感覚があり、甘い疼きを身体の中に感じた。それだけでなく、疼きが下腹部からじんわりと広がっていく。

「や、やだ……」

「……嫌？」

「あ……嫌……じゃなくて……っ」

そう。嫌じゃないけれど、体内からゾクゾクした快感が押し寄せてきて、思わず身を震わせる。

「感じているだけ？」

「……うん」

「本当に可愛いなあ」

「あっ……あん……ぁ……」

ディアナは何度も突き上げられ、身体中に広がる快感に翻弄されてしまう。気がつくと、自分から腰を振っていた。

止めたいけど止められない。

快感の虜《とりこ》になっているみたいだった。

「は……はずか……しいの……に」

「恥ずかしいほど……気持ちいい？」

ディアナは彼の問いかけに頷いた。

「言ってみて。気持ちいいって……」

「もうっ……」

ディアナは彼が意地悪をするので、軽く背中を叩いた。すると、彼はクスッと笑う。そして、優しい声で話しかけてきた。

「ほら。言ってみて」

言わないと、彼はもっと意地悪なことを言い出すかもしれない。ディアナは観念して、口を開く。

「き……気持ち……いい……」

「正直でいいね」

「いじ……わるっ」

彼はディアナをシーツの上に横たわらせると、改めて深々と貫いた。奥の奥まで彼に満たされて、ディアナはあまりの快感にのけ反る。

彼に再びしがみつくと、彼もしっかりと抱き返してきた。

唇が重なり、貪り合う。

もう何もかもが熱い。熱くてたまらない。

彼の動くスピードが速くなってきて……。

ぐっと奥まで彼が入ってくる。その瞬間、頭の天辺《てっぺん》まで鋭い快感に貫かれ、絶頂を迎えた。彼もまた同じように昇りつめていて、二人はきつく抱き合う。

熱い吐息が聞こえる。鼓動が激しくて、温もりが交じり合った。

二人は溶け合うようにそのまま抱擁を続けていた。


穏やかな時間が訪れ、二人はベッドの中でまだ軽くキスを繰り返していた。

婚約期間中はこういった時間もあまり取れず、久しぶりに抱き合ったからかもしれない。なんだかまだ離れたくないのだ。

「いろんなことがあったけど……無事に結婚できてよかった」

アレクシスはしみじみとそう言った。

「うん……。結婚したんだから、これからは何事もなく平穏な暮らしができたらいいんだけど」

「私も君もけっこう多忙だから、すれ違うことがないようにしないといけないね」

「そうね……」

彼はもちろん魔導騎士団の団長だということで、これからも忙しいはずだ。シャンティ学園には別の団員が教師に成りすまして、リチャードの弟王子の調査をしているようだが、ユリアスはもう正体がバレているから、その仕事はない。ただ、エージュ公爵としての領地経営という仕事もある。

「あなたの健康が心配だわ。忙しくてもちゃんと休みは取ってね」

「君も服のデザインだけではなく、魔導具の製作にも関わっているからね。君のほうこそ、トリスタンの熱意に引き込まれないようにしないと」

トリスタンの魔導具熱はすごいのだ。アレクシスも魔導具製作に興味はあるものの、トリスタンには敵《かな》わないと言う。

アレクシスには、ディアナは魔導具のアイデアを出していることと、魔石への魔力注入を手伝っていることを伝えている。だが、彼はディアナがどうしてそんなにアイデアが出せるのかという理由を知らない。

単に前世の便利なものを思い出して、それをトリスタンに伝えているだけなのだが……。

さすがに前世の話まではしていない。

だって、おかしな奴だと思われてしまうでしょう?

そう思いつつも、秘密があることを少し後ろめたく思っている。本当は何もかも打ち明けてしまいたい。しかし、そのことで気味悪く思われるのだったら、やはり言わないほうがいいのではないだろうか。

家族に相談したが、打ち明けるのも秘密にするのもディアナ次第だと言われた。

家族は受け入れてくれたけれど……。

アレクシスはどうなのだろう。彼のことを愛しているからこそ、彼から距離を置かれることになったら悲しくて仕方ない。

でも……本当に打ち明けないままでもいいの？

後から知らせるより、今のうちに言っておいたほうがいい気もするし。

ああ、どうしたらいいんだろう。

そんなことを考えていると、彼はディアナの顎に手をかけて、目をじっと覗き込んでくる。彼の深い色の瞳を見つめといると、まるで吸い込まれそうな気がしてきた。

「……何？」

「いや……。君は何か悩んでいる？　学園でよくそんな顔をしていたときがあったから……」

ああ、そうだ。彼はユリアスとして、ディアナをいつも見ていたのだ。ディアナがよく中庭のベンチに座って溜息をついていたところも見ている。

「あの……もしわたしに秘密があったら……どうする？」

「まだ秘密があったのかい？」

彼は眉をひそめた。

そうよね。気を悪くするわよね。

でも、これからの結婚生活に秘密なんて持ち込みたくない。

それに……わたしのすべてを知ってほしいから。

ディアナは思い切って告げることに決めた。

「わたしね……前世を覚えているの」

「前世だって？」

「リール侯爵令嬢として生まれる前のことよ。ここことはまったく違う世界で……魔法なんてないけど、便利な魔導具みたいなものがたくさん溢れている世界だったの。わたしはそこで生まれ育ち、二十歳のときに事故で死んだのよ」

アレクシスは初めて聞く話に、驚いたように目を見開くだけだった。驚きすぎて声が出ないのか、こちらの話を聞こうとしてくれているのか、何も言わない。

「わたしはあちらの世界にいたとき、こちらの世界のことを知っていたわ。……ここは物語の中の世界だったの」

「物語の……中？」

ゲームの中だと言っても彼には分からないだろう。物語の中だと言っても、彼にとっては何が何やらという感じだろう。理解が追いつかないはずだ。

「アリサが主人公で、ディアナが悪役の物語なの。アリサはリチャードと恋仲になるんだけど、ディアナは嫉妬でアリサに嫌がらせをした挙句に、あの卒業パーティーで婚約破棄と身分剥奪を言い渡されて、庶民になり、最後には誘拐されて奴隷の身に堕とされて……」

例の闇オークションのことを思い出し、思わず身震いをする。アレクシスはそんなディアナを庇うように優しく抱き寄せた。

「その物語には、私はいなかったのかい？」

「いなかった……と思うわ」

アレクシスやトリスタンみたいに美形キャラがいなかったわけはないから、きっと続編にでも出てきたのだろう。けれども、前世のディアナはその続編を知らずに命を落としたのではないだろうか。

「あなたには信じられない話かもしれないけど、話しておきたかったの。これは家族しか知らない秘密だから」

「……いや、話してもらえてよかった。本当のところ、まだよく呑《の》み込《こ》めないが、ここが物語の世界で、君が物語のとおりになると思っていたのなら、さぞかし怖かっただろう。あの卒業パーティーを迎えて……実際に誘拐されたときには……」

彼はディアナが身震いした気持ちを分かってくれたのだ。こんなこと、すぐには信じられないだろうに。

「うん。すごく怖かった。物語の結末どおりにならないように必死で頑張ってきたのに、アリサとリチャードが親しくなっていって、わたしが何もしてないのに学園で悪者になってしまって……。運命からは逃れられないのかもしれないって」

彼ははっとしたようにディアナの顔を覗き込んでくる。

「あれはそういう意味だったのか？」

ディアナは頷いた。

「あなたは……自分次第で運命は変えられるって言ってくれた」

あのときそう言ってくれたのはユリアスだった。

自分が変えてあげよう、と強く言ってくれたのだ。

自然と涙が溢れ出てきた。あの時の言葉がすごく嬉しかったからだ。

「あの言葉……信じてみようと思ったの。でも、そうしてみてよかった」

彼の言うとおり、運命は変えられた。

身分剥奪されることもなく、大切にしてくれる家族や信じてくれる人達もいてくれた。誘拐はされたけれど、奴隷になることもなく……。

アレクシスと出会い、恋をして、結婚をした。

主人公のはずのアリサは投獄され、リチャードとの結婚どころか、いずれ修道院送りとなるのだ。

アレクシスはディアナの髪を撫で、短いキスをしてきた。

「運命が変わってよかった……」

「全部アレクのおかげよ。あなたが証拠を集めたり、助けてくれたから」

「いや……それは君が信じたからだよ。信じて行動したから、運命が変わった。自分の力で幸せを手に入れたんだ」

「わたしの力で……？」

彼は力強く頷いた。

運命に逆らおうとしても、できないと半ば諦めかけていたというのに。

「アレクや……わたしを信じてくれたみんながいてくれたから、わたしもそんな力が湧いて出てきたんだと思うわ」

一人の力ではやってこられなかった。

みんなが力を貸してくれた。そして、そうなるようにディアナは子供の頃からずっと努力を続けてきたのだ。

「君が前世を覚えていようと、他の世界から来たのだとしても……どうでもいいよ。君は君だ」

彼は力強くそう言うと、ディアナを抱き締めてきて……。

「愛してるよ……」

「わたしも……愛してる」

甘く口づけを交わす。

この世の何よりも素晴らしいものを手に入れた。

前世からの長い道のりを思い起こしながらも、今が一番幸せだと……。

ディアナはそう思った。

# あとがき

こんにちは、水島忍です。

今回は異世界転生&悪役令嬢ものということで、実は私、初めて書きました。そういうジャンルが流行っていると聞いたのは、もうずいぶん前だったのですが、当時はあまり興味がなくて……。

でも、あるとき家族が持っていた悪役令嬢の漫画を読んでみたら、すごく面白かったんですよ。そこからハマって、他の漫画もいろいろ読んでみたら、ますます深みにハマっていったりして。同じパターンのようで、バリエーションがあるんだーとか。研究じゃなく、ただ純粋に面白くて、好きになっていました。

そんなわけで、今回はとても楽しく書けました。以前はよくヒストリカルものを書いていたから、同じドレスもので少し懐かしい感じもしましたが。ヒロインの感覚が現代日本人だから、ヒストリカルよりは言葉選びに慎重にならなくてよかったので、その点はちょっとだけ楽でしたね。現代の言葉を書いてもおかしくないから。

さて、ここからは作品のお話になります。ネタバレありですよー。

ヒロインのディアナは前世の知識を使い、ゲームで見た運命を変えるために奔走します。仲良くなった家族の助けを借りて、追放エンド後の居場所として服飾店をオープンしたり、魔導具のアイデアを使って侯爵家の富と勢力を拡大させたり、魔法学園ではおとなしい優等生になったりしますが、それでも婚約者の王子リチャードはゲームヒロインであるアリサに夢中になるし、何もしてないはずのディアナの立場が何故か悪くなります。

これが運命なのかと半ば諦めかけていたときに現れたのが、ヒーローであるアレクシス。彼は王弟殿下で公爵様。そして魔導具オタクの魔導騎士団の団長。しかも、ディアナの学園生活を助けてくれた教師（仮の姿）でもありました。

彼は初めてディアナを見たときから、好意を抱きます。学園で接触するうちに、もっと好きになっていって……。でも、甥の婚約者だから、その気持ちは封印していたんです。そこへ甥の浮気ですよ。彼は激怒して、すぐさま国王にそのことを進言したと思います。

国王は奥様一筋なので、浮気は絶対ダメな人です。リチャードに注意をしますが、奴は聞く耳なんて持ちません。アリサのことしか考えられない男になっていますから。父親の言うことも聞かないし、婚約者がいる前でもアリサといちゃいちゃするし、その様子を学園中のみんなに見られているし、こんなに自分の心を抑制できない王子を、将来の国王に据えようとは思わないでしょう。

それに、リール侯爵は国の重鎮です。人気魔導具の製造で名を挙げ、稼ぎまくっているから裕福で、なおかつ税金もたっぷり支払っているはず。国王だって、そんなリール侯爵から恨みを買いたくない。だとしたら、令嬢と浮気王子（王太子として不適格決定？）を結婚させるわけにはいかないわけですよね。

なので、リチャードが婚約破棄などしなくても、必然的に二人の婚約は解消されたことでしょう。でも、あいつはやっちゃいます。卒業パーティーでの婚約破棄&断罪イベント。可愛いアリサを守るためなら頑張っちゃうのです。たった一日、いや、たった数時間、パーティーの間だけその口を閉じていれば、奴の運命も少しは変わっていたかもしれないのに。

いや、もう手遅れでしたかー。アレクシスは国王に何もかも報告済みだし、卒業前には国王は腹を決めていたし、例の黒幕のことも把握していたわけだから。

という一連の裏の出来事を、ヒロインであるディアナは一切知らないのでした。ただゲームの知識としてストーリーを知っているだけ。だけどディアナの変化に伴って、ストーリーもすでに変わってしまっているから翻弄されまくります。

何故か国王の態度が曖昧で、学園の教師はいろいろ心配して動いてくれるのに、事態はまったく進展しないし。そして、アレクシスが近づいてきて、急激に恋仲になっていくわけです。

ディアナにしてみれば、何がなんだか分からないうちにプロポーズされて、愛の告白までされてしまいます。彼はずっとずーっと片想いしていたわけだから、学園教師という仮の姿ではなく、素顔で接することができて暴走したんですね。

他の縁談なんかで横入りされたら、たまったものじゃないですしね。待ちに待ったこのチャンスを逃すものかとばかりに、ディアナを口説き落とします。ディアナは前世が庶民だから、その感覚を理解してくれるアレクシスでちょうどよかったのかも。

まあ、なんだかんだ波乱はありましたが、そんな二人が結婚できてよかったです。

ちなみに、私のお気に入りキャラはトリスタンです。次期侯爵で美形の天才錬金術師。なのに、魔導具オタクで社交嫌い。縁談は山ほど来ていたと思いますが、興味はなかったでしょうね。母親のリール侯爵夫人には、若い娘を持つ母親がやたらと接触したがっていたかも。何しろ本人は舞踏会なんて出たがらないですから。

というふうに、キャラの裏設定なんかも考えてしまうほど、この作品は楽しく書けました。

さて、今回のイラストレーターさんは池上紗京先生です。実はいつか池上先生にイラスト描いていただけたらなあとずっと思っていたので、夢が叶って嬉しかったです。

ディアナは本当に美人さんですね。悪役令嬢っぽくありながらも可愛い。アレクシスはディアナを溺愛してる感じがたまらないです。あと、二人の衣装が細かいところまで綺麗ですよね。ウットリ。

池上先生、素敵イラストをどうもありがとうございました！

これからも、魔法が飛び交う世界などいろんな話を書いていきたいので、読者の皆様も楽しんで読んでくださると幸せです。

それでは、このへんで。

水島　忍

ガブリエラブックスをお買い上げいただきありがとうございます。
水島 忍先生・池上紗京先生へのファンレターはこちらへお送りください。

〒110-0016 東京都台東区台東4-27-5 (株)メディアソフト
ガブリエラブックス編集部気付 水島 忍先生/池上紗京先生 宛

gabriella books

MGB-112

婚約破棄された悪役令嬢は、
騎士団長の王弟殿下に溺愛されすぎです!
クールな逆襲で元婚約者を断罪しちゃいました

2024年5月15日 第1刷発行

著 者 水島《みずしま》 忍《しのぶ》

装 画 池上《いけがみ》紗京《さきょう》

発行人 日向晶

発 行 株式会社メディアソフト
〒110-0016
東京都台東区台東4-27-5
TEL:03-5688-7559 FAX:03-5688-3512
https://www.media-soft.biz/

発 売 株式会社三交社
〒110-0015
東京都台東区東上野1-7-15
ヒューリック東上野一丁目ビル3階
TEL:03-5826-4424 FAX:03-5826-4425
https://www.sanko-sha.com/

印 刷 中央精版印刷株式会社

フォーマットデザイン 小石川ふに(deconeco)

装 丁 齊藤陽子(CoCo.Design)


ISBN 978-4-8155-4338-9